P4/85   5.95

D1148740

UN MONDE GROUILLANT

Madeleine Gagnon

Éditions Paulines

Composition et mise en page: *Les Éditions Paulines*

Illustration de la couverture: *Odile Ouellet*

ISBN 2-89039-625-5

Dépôt légal — 2e trimestre 1989
Bibliothèque nationale du Québec
Bibliothèque nationale du Canada

© 1989 Les Éditions Paulines
     3965, boul. Henri-Bourassa Est
     Montréal, QC, H1H 1L1

Au Clair de la lune mon ami Balthazar

Septembre s'annonçait merveilleux. Il faisait beau tous les jours. Les nuits étaient claires et fraîches. L'été doucement se prolongeait. La première semaine d'école ressemblait plutôt à une fin de vacances. Dans la cour de récréation, les rires et les cris fusaient de partout. Les amis se racontaient les aventures de l'été. L'atmosphère était à la fête.

Une période aussi délicieuse ne pouvait contenir aucun malheur. Et pourtant... Et pourtant, un drame terrible vint assombrir ces heures d'enchantement.

C'est sur Christophe que l'épreuve frappa. Un jour qu'il revenait allègrement de l'école avec Luc et Élodie. Justement, ce soir-là, on se préparait à fêter les quatorze ans d'Élodie. C'est la mère de Christophe qui les reçut sur le seuil de la porte avec la nouvelle épouvantable. Marie, c'était son prénom et c'est ainsi que tous les enfants l'appelaient, même son fils, Marie semblait avoir pleuré. Mais devant les jeunes, elle tentait de contenir sa peine car elle savait que la leur, celle de Christophe surtout, serait plus grande encore.

Prenant Christophe affectueusement par les épaules et le regardant droit dans les yeux, elle dit, calmement mais la voix un peu tremblante:

— «C'est ton Balthazar... Ton chien Balthazar qui s'est fait frapper par une auto...»

Voyant l'état de choc dans lequel se trouvait Christophe, elle ajouta tout de suite:

— «Tu sais, mon Christophe, Balthazar n'a pas souffert. Il n'a pas eu le temps de souffrir.»

Puis, elle prit une grande respiration: le mot qu'elle allait prononcer était terrible. Difficile à dire mais nécessaire. Marie avait toujours cru qu'avec les jeunes il fallait nommer simplement les choses par leurs noms. Elle dit:

«Balthazar n'a pas souffert. Il est mort sur le coup. C'est le conducteur de la voiture qui me l'a dit. Le pauvre homme. Il était si malheureux. Il a un chien lui aussi. Il m'a dit qu'il n'avait pas vu venir Balthazar. Que la circulation était si dense...»

Marie s'arrêta de parler. Elle sentit que pour le moment tous les mots seraient impuissants à consoler Christophe. D'ailleurs, ce dernier était parti comme une flèche s'enfermer dans sa chambre. Ils avaient entendu claquer la porte. Luc et Élodie avaient peine à contenir leur chagrin. Balthazar était comme un frère pour Christophe; pour eux, il était aussi devenu un ami. Depuis toutes ces années qu'ils se baladaient ensemble, oui, Balthazar était un véritable ami.

Dans sa chambre, seul, la tête enfoncée dans l'oreiller, Christophe sanglotait à chaudes larmes. Incapable de penser, il était tout à sa peine. Combien de temps cela dura-t-il? Il ne saurait trop le dire. Ces minutes lui semblèrent à la fois un seul instant et une éternité. Puis lentement vinrent des images. De tendres images de la vie de Balthazar. Et, sans rien enlever à sa si grande peine, cela le consolait tout de même un peu. Il entendit Marie et ses amis chuchoter dans la cuisine. Il éprouva le désir de se lever et d'aller leur parler.

C'est à ce moment précis que les trois entrèrent discrètement et vinrent s'asseoir à ses côtés sur le bord du lit. Longuement, ils parlèrent tous les quatre. Comme si le récit, mille fois répété, les anecdotes autour de la vie et de la mort de Balthazar, les aidait à traverser l'épreuve de sa disparition.

Plus tard, pendant que Marie préparait un léger repas, personne n'avait trop faim mais il fallait des forces, la vie continuait avait dit Élodie, ils décidèrent de téléphoner à tous les amis. Avec les intimes de Balthazar, ils organiseraient pour le soir même la cérémonie des adieux.

Les funérailles et l'enterrement auraient lieu au jardin. C'est là d'ailleurs que Marie avait déposé Balthazar. Quand elle sentit que Christophe avait retrouvé un peu de courage, elle le lui annonça. Ils décidèrent d'aller le voir tous ensemble avant le repas et l'arrivée de tous les autres.

Ils s'y rendirent se tenant tous les quatre par la main. Au fond du jardin, sous l'érable où Balthazar avait tant aimé faire la sieste, il reposait, l'air calme. On l'aurait dit bienheureux. Comme s'il avait souri dans ce dernier sommeil.

Cette vision fit beaucoup de bien à Christophe. Balthazar semblait leur dire à tous:

— «J'ai bien vécu. Vous m'avez choyé et je vous ai aimés. Ma tâche est accomplie. Consolez-vous. Grâce à vous, ma vie de chien fut merveilleuse. Je pars content.»

Pendant que Christophe, agenouillé près de l'animal, caressait son pelage encore soyeux, Élodie chantait doucement «ça n'est qu'un au revoir mon frère» et Luc marchait autour de lui car tout ceci le rendait un peu nerveux.

— «Tu sais, dit Marie s'adressant à son fils, Balthazar commençait à se faire vieux, il n'aurait sans doute pas vécu très longtemps encore. Et puis, j'en ai parlé tout à l'heure au téléphone avec ton père, si tu veux, dès lundi, nous irons ensemble choisir un autre chien.»

Christophe n'était pas prêt à penser à ces choses. Personne à ses yeux ne pourrait jamais remplacer Balthazar. Mais quand même, les paroles de sa mère l'aidaient à vivre son deuil.

Après le repas qu'ils mangèrent du bout de la fourchette, les amis arrivèrent un à un. Quand tous furent là, la cérémonie commença. Pour le mettre en terre, le même emplacement sous l'érable fut choisi.

Christophe tenait à creuser le trou de ses mains. Il lui semblait que ce dernier devoir lui revenait. Pendant ce temps, les amis préparaient un petit feu de camp pour la cérémonie funéraire. Le trou creusé, Christophe fabriqua une petite croix de bois sur laquelle il inscrivit:

«Ci-gît Balthazar, frère de Jean-Christophe et de tous ses amis. Chien pur sang d'origine inconnue, trouvé à Montréal le 27 juillet 1974 et mort accidentellement le 12 septembre 1986. Que son corps et son esprit reposent en paix.»

Puis, prenant pour une dernière fois Balthazar dans ses bras, il le descendit au fond et chacun, gravement, jeta une poignée de terre sur le bel animal. La croix fut érigée et des petites fleurs du jardin furent plantées tout autour: pensées, immortelles et violettes tiendraient désormais compagnie à l'ami sous l'érable.

Autour du feu de camp, les amis veillèrent très tard. La nuit déroulait sa nappe d'étoiles au-dessus d'eux, comme pour les protéger. Il semblait à tous que leurs chants, leurs histoires, leurs souvenirs donnaient à l'étrange événement la noblesse et la sérénité que méritait Balthazar. Comme il n'y avait pas d'école le lendemain samedi, les heures passées à ses côtés, on aurait dit, ne comptaient plus.

Puis, les jours de septembre passèrent dans la mémoire fidèle et la vie avec ses jeux, ses travaux, ses bonheurs reprenait tous ses droits.

Élodie, toujours poète, écrivit le livre des jours héroïques de Balthazar. Luc et Julie, forts en dessin, illustrèrent ce récit fantastique. Agréable surprise qu'ils offriraient à Christophe pour Noël. Ils avaient tous très hâte de pouvoir révéler leur secret.

Vers la fin du mois, même s'il n'oubliait pas son Balthazar, Christophe pensait de plus en plus qu'il aimerait bien connaître un autre chien. À cause d'un roman merveilleux qui l'avait enchanté lorsqu'il avait douze ans, c'est un épagneul qu'il imaginait à ses côtés. Il avait oublié le titre du roman et le nom de son héros mais il se souvenait, dans tous les détails, des aventures incroyables et des dons insurpassables du doux animal. Son intelligence n'avait rien à envier aux humains lorsqu'il s'agissait de chasse ou de protection des plus faibles. Quant à sa beauté, n'en parlons pas, elle était légendaire.

Aussitôt dit aussitôt fait. Et pour qu'il vive le plus longtemps possible, Christophe fit l'acquisition d'un très jeune chiot. Même tout petit, sa vivacité et son allure ne laissaient planer aucun doute: ce chien serait génial et ne ferait pas rougir de honte son illustre prédécesseur. Bien au contraire, si

Balthazar vivait, Christophe sentit que ces deux-là seraient d'inséparables amis.

Quand il le retira délicatement de la portée de ses frères et sœurs et qu'il le prit amoureusement dans ses bras, Christophe s'écria, sous le regard heureux et amusé de ses parents qui l'avaient accompagné:

«Celui-ci vivra longtemps. Je le baptise Balthazar II.»

Le secret de Falia

Ce matin-là, dans la cour de récréation, Michel trouve cet étrange billet. Tout d'abord, à travers les feuilles d'automne tombées, il voit une enveloppe, bien cachetée et à la place de l'adresse, ce mot:

«Appel au secours.»

Va-t-il ouvrir? Attendre les amis? Sa curiosité l'emporte. Il décide d'aller lire la missive en retrait, là, derrière le petit banc de pierre, à l'insu des importuns éventuels.

Michel est nerveux, un peu coupable. Comme s'il commettait une indiscrétion. Et pourtant, la lettre était là,

bien en vue, à l'intention de quiconque
passait. Le sort est tombé sur lui, Michel. Peut-être même que, grâce à
sa clairvoyance, une vie pourra être
sauvée.

Les bruits de la cour de récréation ne
l'atteignent plus. Il n'entend plus rien.
Ou plutôt, il n'entend que les batte-
ments de son cœur.

Fébrilement, jetant un regard furtif
de droite à gauche, il ouvre la lettre.

Dedans, il trouve un très grand papier ligné, plié avec beaucoup de soin,
au moins seize fois. Comme la feuille
est mince et qu'il ne voudrait surtout
pas la déchirer, Michel s'exécute avec
une délicatesse qui lui est peu coutu-
mière. Puis il y a l'écriture. Une pleine
page de mots qui scintillent tellement
le vert de l'encre est brillant

Michel ferme d'abord les yeux. Il se
concentre et respire à pleins poumons
puis il regarde encore ce mystère de

mots. Il lit. Il déchiffre. Il comprend.
Il a l'impression de tout saisir.

D'un bond, il se lève et s'en va. Il
replie le message, le glisse dans l'enveloppe, le cache à l'intérieur d'un livre
qu'il enfouit dans son cartable. Devant
la gravité de la situation, on ne sait
jamais, la prudence est de mise. Michel
ne tient plus. Il veut voir ses amis. Leur
parler. Leur faire lire ce billet. Il en va
d'une vie. D'une vie à sauver. Enfin,
peut-être. Mais en tout cas, il n'y a pas
de risque à prendre. Voilà. Il se préci-
pite dans l'école. Accourt vers ses amis.
Pas de chance: la cloche du début des
classes vient de sonner.

La matinée lui sembla éternelle. À
côté de la lettre qu'il regardait de temps
en temps à l'improviste, ses cours lui
paraissaient insignifiants. Lui, bon
élève d'habitude, écoutait d'une oreille
et voyait à peine le tableau. Ah! si midi
peut arriver, marmonnait-il. Il comp-

tait les heures, puis les minutes et enfin les secondes.

Bien sûr, il avait eu le temps de faire signe aux amis qui avaient saisi à son air que l'heure était grave.

Sitôt le son de la cloche, ils se retrouvèrent tous dehors comme une série d'éclairs. Pas question d'aller manger chacun chez soi aujourd'hui. Ils prendraient en vitesse un sandwich ou une pizza au restaurant du coin. Ils emporteraient le tout au parc, à l'endroit précis des réunions de grandes circonstances. Chacun se débrouillerait avec ceux des parents qui auraient pu s'inquiéter de l'absence. Après tout, dans la vie, il y a parfois des priorités.

Quand ils furent tous assis en cercle dans l'herbe, Michel, de sa voix la plus grave, leur lut au complet le mystérieux message. Malgré la chaleur de ce bel octobre, c'était l'été des Indiens, un frisson leur parcourut le dos. Quelle histoire. À faire dresser les cheveux sur la tête.

— «Qu'est-ce qu'on fait? demande Mathieu.»

— «Moi je pense qu'on n'a pas le choix. Il faut y aller tout de suite, dit Catherine.»

Ce à quoi tous les autres acquiescent. Et les commentaires fusent de toutes parts:

— «Une histoire pareille au XXe siècle, c'est pas possible.»

— «Oui, ça ressemble aux histoires de sorciers du moyen âge.»

— «Puis, les maisons hantées, ça n'existe plus.»

— «De toutes façons, ça n'a jamais existé.»

— «Et si c'était un tour?»

— «Moi, je trouve qu'on n'a aucune chance à prendre.»

— «On s'arrangera avec les profs et

les parents. On leur expliquera. C'est certain qu'ils comprendront.»

Il n'y avait plus une minute à perdre. Il fallait sauver Falia. Il fallait la retrouver. Depuis quand était-elle séquestrée? Par qui? Pas de temps à perdre en hypothèses. Toutes ces questions s'éclaireront d'elles-mêmes quand serait accomplie la mission. Mais vite, il fallait se rendre au lieu indiqué.

Il fallait suivre les indications à la lettre. Et surtout, accomplir la mission en silence. C'est ce que le message exigeait. Le but atteint, quand Falia serait enfin libérée, il faudrait aussi brûler le message. Et jamais, jusqu'à la tombe, n'en révéler à personne le contenu. Pour que la recherche porte fruit, ceux qui l'avaient entreprise devraient conserver pour eux cet absolu secret.

C'est pourquoi cette lettre de Falia ne sera pas lue ici. Elle est détruite depuis ce jour d'octobre mil neuf cent quatre-vingt-six où la bande d'amis retrouva Falia.

Falia. Qui est Falia? Où est-elle? Comment ne pas se tromper de chemin? Son plan est si précis mais à la fois si compliqué.

— «Falia, je t'aime, pensait secrètement Michel.» Mais il ne le lui avait jamais dit.

Le voyage fut long, difficile. Prendre d'abord l'autobus. Puis le métro. Traverser ce long tunnel sous le fleuve Saint-Laurent. Parvenir à la rive Sud en plein milieu de l'après-midi quand le soleil est chaud comme sous les tropiques, on dirait.

Et puis encore, des champs qui n'en finissent plus. Des kilomètres à traverser à pied. Hélène et Luc se lamentent. Ils ont mal aux jambes, au dos, partout. Pas question de retourner, de rebrousser chemin. On ne s'y retrouverait plus. Sans Falia au retour, il n'y a plus de chemin.

— «Maintenant qu'on s'est rendus jusqu'ici, sans Falia on est perdus.»

C'est Michel qui a lancé ce cri. Mais il ne reconnaît même plus le son de sa voix tellement tout est étrange ici.

Après les vastes champs d'avoine, de blé et de foin, c'est la forêt. Une forêt noire, touffue, sans sentier. Comment s'y engager? Une vraie menace. Et pourtant, c'est bien dit sur le papier qu'il faut la franchir. Par où? Comment? Des sons bizarres d'oiseaux et d'animaux sauvages commencent à se faire entendre. On ne les voit pas. On les soupçonne. On les imagine. Un vent de panique s'empare de la troupe. Michel, lui, se sent plus fort. Il veut guider, rassurer tout le monde. Après tout, c'est lui le premier qui a trouvé et lu cette lettre. Il se sent chef aujourd'hui. Lui si doux, il se croit maintenant le roi de la forêt et de ses amis.

Il dit, avec un ton d'autorité: «Pour moi, cette forêt est enchantée.»

Ces paroles prononcées, la forêt devint en effet un véritable enchantement. L'espace s'illumina. Les sentiers s'ouvrirent d'eux-mêmes. Les oiseaux et les animaux, toujours aussi étranges d'allure, se firent reconnaître: comme des humains, ils parlaient et souriaient. Mais leur langue demeurait inconnue de tous. Ils offrirent à manger à chacun: un vrai banquet. Une gastronomie inusitée.

Après le repas partagé dans la joie, apparurent soudain dans le ciel de magnifiques petits vaisseaux ailés qui se posèrent délicatement sur la mousse verte du sol. Chaque véhicule contenait deux places. Sans poser de questions, les jeunes y montèrent. Et, sans plus tarder, les objets démarrèrent. Ils semblaient se conduire par la force d'une volonté qui venait d'ailleurs.

Quel voyage! Les amis eurent l'impression de franchir en peu de temps d'infinies contrées. La beauté des lieux parcourus peut à peine se décrire. À la limite, elle se peindrait. Mais quel talent il faudrait pour la reproduire!

Après des heures qui semblèrent des secondes, ils atterrirent tous en même temps sur un plateau d'herbe bleue. Devant eux, ils virent une montagne magique: les arbres dessus, tous d'une blancheur immaculée, parlaient une langue comprise immédiatement par tous. Il y avait des humains qui circulaient. Ceux-ci avaient l'air heureux. Mais tous étaient muets.

C'est de là, de cette montagne féerique, que descendit Falia. La beauté et le charme de cette jeune fille de quatorze ans étaient tout à fait inusités: forte comme une fière amérindienne, la peau tannée, les cheveux de jais et le regard perçant, elle tenait à la main une lance à houppe de plumes roses et par le cou, un jeune orignal, son compagnon.

Avec la vitesse de l'éclair, comme dans un rêve, les amis se retrouvèrent tous avec elle, dans leur parc, à Montréal. C'était une fête, une vraie fête de l'avoir retrouvée saine et sauve et de l'avoir libérée. Mais délivrée de quoi au juste, se demandaient-ils tous? Elle semblait pourtant si heureuse dans sa montagne magique...

C'est ainsi que se réveilla Michel. Il avait rêvé. Oui, toutes ces choses fantastiques, il les avait rêvées. Il faudrait maintenant raconter aux copains. Et qui sait, un jour peut-être, les écrire. Et pourquoi pas les filmer?

Course avant l'aube

Je m'appelle Amélie. Je suis toute seule. J'ai treize ans. Je n'ai pas envie de raconter mes problèmes à ma mère. D'ailleurs, elle est malade. Notre ami André qui est docteur m'a dit qu'elle avait un cancer. Et puis mon père, impossible de lui parler: il est toujours trop occupé, il travaille tard tous les soirs dans son laboratoire. Il ne vit plus avec nous depuis cinq ans. Il vit dans la maison d'une autre femme qui est tout le temps partie en voyage.

Une chance qu'il y a André. Il m'a dit que maman allait guérir de sa maladie. Il m'a dit que cette sorte de cancer se soignait maintenant très bien.

Dans la tente, je suis seule. Et j'écris mon journal. J'ai fait des dessins pour maman. Elle s'appelle Pauline. Je l'ai toujours nommée «Maman Pauline».

Les autres sont partis en excursion pour la journée. Benoît, un garçon que je connais à peine, est resté lui aussi. Il a la grippe. Avec nous, il y a deux profs et un moniteur cuisinier. Ils n'ont pas voulu nous laisser seuls ici. Pierre, le prof de botanique, ramasse des feuilles pour son herbier. Marie, qui nous enseigne normalement la musique, passe toute cette semaine le nez plongé dans un roman. Il est onze heures de l'avant-midi. Le cuisinier est en train de nous préparer le repas. Un régal, a-t-il dit. Peut-être que tout à l'heure j'irai l'aider.

Dehors, il fait beau. Relativement chaud pour ce temps de l'année: début novembre. Il paraît que c'est dû à la fameuse lune qui est toute spéciale cet automne. C'est Bertrand, un garçon de seize ans, qui nous expliquait ces choses, hier soir. Moi, je ne m'intéresse pas tellement à la température.

Ce que je voudrais, c'est être moins seule, avoir des amis et que maman soit guérie.

Avant, j'avais beaucoup d'amis. Des amies, surtout. Je ne sais pas trop ce qui s'est passé. Depuis le début de ce camp, on dirait qu'ils ont tous changé en même temps. Jusqu'à Julie qui ne me parle plus.

Il faut que j'écrive la date pour mon journal. C'est le 10 novembre 1986. Il y a un mot que je veux écrire, c'est ENNUI. Je m'ennuie ici. Je m'ennuie de maman et je m'ennuie parce que c'est «plate». C'est «plate», je peux pas l'écrire autrement. On est venu pour une classe rouge. On ne pouvait plus dire la classe verte, c'est l'au-

tomne. Il y a encore des feuilles rou-
ges. Mais il y en a surtout par terre.
C'est vrai qu'on dirait un tapis. Seulement, il fait pas tout à fait assez chaud
pour prendre un bain de soleil dessus.
Et pour l'instant, c'est tout ce que
j'aimerais faire. Avec mon journal.
Rêver au soleil et écrire mon journal.

Cher journal, je dois te quitter. On
va manger. Après, on va se promener
un peu au bord du lac. Après, la
«gang» arrive. Vers trois heures. On
doit discuter d'un projet fantastique
pour cette nuit. Les profs et les moniteurs ne sont pas dans le coup. Mais
c'est pas dangereux. On sait jamais.
J'ai pas le temps d'en dire plus... 11
novembre. C'est le soir. J'écris sous la
faible lumière de la lampe. Les autres
dorment. Ils sont fatigués. On a passé
une nuit bouleversante hier. Quelque
chose d'extraordinaire m'est arrivé.

D'abord, je n'avais pas tellement

envie de participer au projet de groupe que je trouvais plutôt bébé. C'est Julie et François qui m'ont convaincue d'embarquer. Julie m'a dit ceci qui m'a fait bien plaisir:

«Tu peux pas nous lâcher, t'es notre amie.»

Puis, elle a ajouté, ce qui m'a fait presque pleurer de bonheur:

«T'es ma meilleure amie, tu sais.»

Je ne sais pas, mais hier, j'avais besoin d'entendre une chose comme ça. Depuis quelque temps, je me sens si drôle que je me suis pensée toute seule, définitivement.

Après avoir discuté un peu, je ne voulais pas d'un seul coup avoir l'air trop d'accord, j'avais hésité et protesté si longtemps, mine de rien, au bout de quelque temps (la petite phrase de Julie me ravissait encore), je dis OUI, ou plutôt, je dis:

«O.K., c'est d'accord. J'embarque avec vous.»

Alors, Julie et François m'expliquèrent brièvement le projet. Rendez-vous fut donné avec tout le groupe, à onze heures du soir. Les adultes dormaient à cette heure-là, certains même ronflaient (ce qui aiderait à étouffer le bruit de nos pas): en camping, ils se couchaient très tôt. Il est vrai que le lever aussi avait lieu aux petites heures: cinq ou six heures, pas plus tard.

À onze heures précises, je sentis une main secouer mon épaule (j'étais en train de rêver qu'un oiseau avait justement fait son nid sur mon épaule et que la mère venait d'accoucher). J'avais dû m'assoupir depuis peu:

«Amélie, lève-toi, c'est onze heures», disait Julie en chuchotant.

«J'arrive tout de suite.» C'est ce que je lui marmonnai, encore toute prise par mon rêve. Je touchai mon épaule comme si le nid était là.

Puis, très vite, je me sentis toute réveillée. J'étais fraîche et dispose comme si j'avais dormi huit heures. Il faut dire que l'idée de ce projet m'enchantait. Je me sentais pleine d'énergie. Je suivis Julie et me glissai discrètement hors de la tente. Pendant quelques mètres, nous avons continué ainsi à marcher à quatre pattes. Je me sentais comme une ourse. Ou mieux, comme une tortue géante. Nous avancions très très lentement pour ne pas écraser les feuilles ou les brindilles sous le poids de nos corps. Il ne fallait surtout pas réveiller qui que ce soit, car alors notre aventure tombait à l'eau.

Dans notre groupe, ou notre «gang» comme on dit, nous sommes treize. On s'est tous retrouvés à notre lieu habituel de rencontre: à un kilomètre environ de l'emplacement du camp, au

bord du lac. Assis sur la grève, on a
d'abord contemplé le décor. Fabuleux.
C'était la pleine lune. Les étoiles bril-
laient partout. Ce n'est pas avec la pollution de Montréal qu'on verrait un tel
ciel. Dans ces moments-là, je me dis
que ceux qui habitent à la campagne
sont bien chanceux. Je n'avais jamais
vu un ciel pareil: il était bleu marine,
presque violet. Annie nous expliqua
que c'était ça, le bleu nordique.

Dans cette merveilleuse atmosphère,
pendant que nous mettions au point le
plan de la nuit, on s'est fait une petite
bouffe. On avait bien pris soin d'ap-
porter tout ce qu'il fallait pour traverser cette nuit qui s'annonçait longue et
peut-être périlleuse.

Il s'agissait de partir à minuit, par
équipes de deux. De se rendre au faîte
de la montagne «noire» (c'est le nom
que nous lui avions donné) qui se trouvait à près de deux kilomètres du lieu

où nous nous trouvions. Chaque équipe était libre du choix de son chemin, mais tous les trajets devaient être différents. Rendus en haut, nous devions inscrire un message qui devait contenir l'heure d'arrivée et une histoire drôle. Puis, vite, il fallait redescendre et revenir au lieu de rendez-vous, près du lac, avant cinq heures. L'équipe gagnante recevrait vingt-cinq dollars. Nous nous étions cotisés entre nous.

Pour gagner, deux conditions: arriver les premiers et écrire l'histoire la plus drôle. Pour la course, c'était facile à juger. Pour l'histoire, nous avions convenu de voter. Le vote et la remise du prix auraient lieu le lendemain après-midi (c'est-à-dire aujourd'hui), sur la montagne «noire», quand nous aurions tous ensemble déniché les billets.

Je partis avec Julie. Comme des folles, nous avons franchi cet espace à

une vitesse vertigineuse. Je ne sais trop
d'où nous venait toute cette énergie. On
avait envie de rire et c'était terrible,
il fallait se retenir. Même rire, même
parler nous aurait fait perdre des minutes précieuses.

On est arrivées en haut, crampées.
Vite, c'est Julie qui m'a dicté la blague.
Pas le temps de raconter. C'est celle de
«ni l'un, ni l'autre». Puis, on a vite
replié la feuille et on l'a replacée sous
une grosse roche plate. On a signé, évidemment, et on a inscrit l'heure exacte:
deux heures douze. Il était deux heures douze et on a mis deux heures douze
à monter deux kilomètres, ou presque.
Pas mal, surtout quand on pense que
c'était la nuit.

On n'a pas réfléchi longtemps. Et
vite, la redescente. C'était plus facile
qu'à l'aller. D'abord, on connaissait
notre chemin. Et puis ça va plus vite
en descendant. En passant, on a en-

tendu des rires, sans doute une équipe qui montait. Mais on a fait semblant de rien pour ne pas diminuer notre vitesse.

À l'arrivée, il était trois heures quarante-deux. On avait mis une heure et demie. Et puis le principal: nous étions les premières. Fantastique! On savait qu'avec notre blague (si personne évidemment n'avait la même et si aucune équipe ne nous suivait de près), on savait que l'affaire était dans le sac.

Tout essoufflées, nous nous sommes assises sur une bûche, en retrait de la plage, en attendant les autres. On a ri sans arrêt jusqu'à ce que les équipes arrivent tour à tour.

Il était entendu que nous étions «presque» les gagnantes, Julie et moi. Nous avions tous envie de fêter maintenant notre victoire. Il y avait bien un ou deux garçons un peu jaloux de notre réussite. Mais on a fait semblant de rien, puis quelques farces et ils se sont mis à rigoler avec nous.

On a fait un feu, puis préparé un déjeuner copieux. Lentement se sont levés les moniteurs. Et tranquillement, on leur a raconté par bribes notre équipée. On était si heureux qu'ils ne pouvaient tout simplement pas se fâcher.

La journée fut merveilleuse. Épuisés, on riait pour rien. À la moindre petite chose comique ou de travers, on s'esclaffait. Bien sûr, nous avons gagné, Julie et moi. Sur le faîte de la montagne, après avoir trouvé et lu toutes les blagues, on a refêté. La nôtre, non seulement personne ne l'avait choisie, mais personne non plus ne la connaissait. Puis c'est la plus drôle.

J'arrête mon journal pour aujourd'hui. Je vais aller dormir. Mes yeux collent ensemble tellement j'ai sommeil. Je vais bien dormir. Je me sens soulagée. Je suis heureuse, pas seulement d'avoir gagné, mais surtout d'avoir retrouvé Julie. Elle m'a dit que j'étais sa meilleure amie. Et elle m'a dit aussi, mais c'est un secret, que Michel avait un œil sur moi. Qu'il voulait me demander de sortir avec lui... Alors, bonne nuit. À demain.

L'île de Yamatowé
et sa belle montagne

Aujourd'hui 20 décembre. Première tempête de neige de l'année. La météo dit qu'il n'y a pas eu autant de neige depuis 87 ans. Certains adultes ont l'air énervés. Nous, on est bien contents.

Les écoles sont fermées. À part les hôpitaux et quelques services essentiels, comme Hydro-Québec ou le Gaz Métropolitain, presque tout dans la ville est paralysé. Les transports en commun ne fonctionnent plus. Il paraît que tout le Québec est engouffré.

Qu'est-ce qu'on fait aujourd'hui?

Je n'ai vraiment pas envie de niaiser
à la maison.

Et je n'ai pas le cœur à lire.

Je me sens en vacances. J'ai envie de
faire un tas de choses intéressantes. Je
me demande si les autres sont levés. Il
est huit heures. Moi, j'étais tellement
content d'apprendre aux nouvelles
d'hier soir que les écoles seraient fermées que j'étais debout, frais comme
un pinson, à six heures ce matin.

Il neige depuis trois jours. D'abord
des rafales. Puis des bourrasques. Et
dans ce tourbillon, des précipitations
comme on n'en a pas vu de mémoire
d'homme. Ou de femme, ajoute ma
mère.

Ce matin la tempête s'est calmée.
C'est le plus beau. Il y a tant de neige
qu'à mettre le nez à la fenêtre, on se
croirait englouti dans un immense
igloo. Ce n'est plus un tapis. Ce sont
des bancs, des banquises moelleuses,

des montagnes géantes. Après mon petit déjeuner, je suis sorti. Je ne pouvais même pas descendre les marches. J'ai traversé le jardin en raquettes. L'hiver, on devrait avoir un autre nom pour le jardin. C'est tellement différent. On pourrait dire le lit, ou la nappe, ou le lac. Ou quelque chose comme ça. Comme chez les Inuits qui changent le nom des choses selon les saisons. Par exemple, pour la neige, selon qu'elle est nuageuse, poudrée, sèche ou mouillée, ils ont 50 noms. C'est ce que je pensais en arpentant le jardin. Je veux dire la nappe blanche juste à côté de la maison. Elle recouvrait jusqu'aux fenêtres du rez-de-chaussée.

Dans la maison, il fait plutôt sombre. Dehors, c'est éclatant. Je ne tiens plus. J'ai envie de sortir. Dès neuf heures, je vais téléphoner à mes amis. Je suis certain qu'ils pensent comme moi.

— Luc? C'est Christophe. Viens-tu?

— Viens-tu où demande Luc tout endormi. Qu'est-ce qui te prend d'appeler à neuf heures? ajoute-t-il un peu excédé. Je me suis couché à deux heures. On a regardé un film à la télévision. *L'Espion.* As-tu vu?

— J'ai commencé, mais je m'endormais trop, répond Christophe.

— Pourquoi tu m'appelles? demande Luc en s'étirant et bâillant.

— J'ai envie de sortir. Regarde dehors. Regarde la neige. C'est fou. J'ai envie de faire une excursion.

— Une excursion de quoi?

— Je sais pas, moi, mais quelque chose de spécial. Tu t'imagines, c'est la neige du siècle. Peut-être en raquettes?

— Ah non, pas les raquettes. Tu sais bien que j'aime pas les raquettes. Ça va pas assez vite et ça va pas assez loin. Et puis mes raquettes sont chez mon père. On pourra jamais se rendre jusque-là à pied.

— Bon ben, en skis d'abord.

— O.K. En skis. Attends-moi, je déjeune puis j'arrive avec mes skis. On téléphonera aux autres de chez toi.

Luc arriva chez Christophe vers dix heures. Il était enchanté. Il était venu en skis. Il comprenait maintenant l'euphorie de Christophe. C'était vraiment très beau.

Comme on était jeudi et qu'il y avait donc quatre jours de congé d'école, il fut convenu d'appeler tous les amis et d'organiser, avec tous ceux qui le pourraient, une véritable expédition.

Les coups de fil furent donnés à la vitesse de l'éclair. Les filles et les garçons arrivèrent tour à tour, rayonnants, sur leurs skis, avec leur sac à dos et tout ce qu'ils avaient pu décrocher au passage: bouffe, couteaux, lampes de poche, ficelle, cires de toutes sortes pour les skis, tournevis, pinces, briquets, boussole, vêtements chauds et imperméables (pas trop) et tout le nécessaire de survie en forêt.

Les plans furent arrêtés dans la bonne humeur. Le poids des bagages fut bien distribué dans les sacs. La carte fut étudiée, celle de l'Estrie: le but de l'expédition était la maison de campagne des parents d'Élodie, à La Patrie, petit village situé dans les hautes montagnes Appalaches, tout près des frontières du New Hampshire.

On avait téléphoné à Élodie et parlé à sa mère. Eux se trouvaient coincés là depuis dimanche. Mais à leur voix, la maisonnée était enchantée de ces vacances imprévues.

Si nos calculs étaient bons, on arriverait à La Patrie vers quatre heures de l'après-midi le vendredi, juste avant la tombée de la nuit.

— Ce soir, on pourrait dormir au relais de l'île de Yamatowé…

— Oui, c'est une bonne idée.

— Puis, demain matin, il faudra se lever à trois heures et décoller au plus tard à quatre heures. C'est notre plus longue journée. Puis après, il n'y a plus de relais et plein de montagnes.

Le premier jour serait évidemment le plus facile, puisqu'il était possible d'emprunter l'autoroute jusqu'à trois kilomètres en amont de l'île. Quelle merveille: skier sur l'autoroute! Quelle merveille ce serait si, de temps en temps, disons une semaine par saison, les autoroutes appartenaient exclusivement aux raquetteurs, aux cyclistes, aux skieurs et aux piétons! Ces petites vacances de moteurs feraient certainement beaucoup de bien à tout le monde. Il faudrait peut-être garder le droit de circuler uniquement aux

ambulances... Enfin... Trève de rêveries.

À onze heures précises, le départ
eut lieu. Sur leurs raquettes, Marie
et James, les parents de Christophe,
regardèrent tout contents partir la
joyeuse bande. Ils n'étaient pas in-
quiets. Ces jeunes connaissaient très
bien, mieux qu'eux-mêmes souvent, le
ski de fond, le camping et toutes les
régions environnantes.

Pour sortir de la ville, tout marcha
comme sur des roulettes. Il y avait des
gens partout qui avaient l'air heureux
comme c'est pas possible; certains pel-
letaient, d'autres balayaient les seuils;
les grattes, charrues et souffleuses se
faisaient aller. Les camions de neige circulaient comme de grosses chenilles à
dos blancs; puis, il y avait les sportifs,
en skis ou en raquettes. Et tout simplement aussi, ceux-là qui aimaient se
promener et contempler cette immense

étendue blanche, étincelante, parfaite, infinie.

Le groupe était composé de six ce matin-là: Julie, Amélie, Mathieu, Michel, Luc et Christophe. À la maison de La Patrie, en plus d'Élodie, il y avait Catherine et Roxanne. Tous reviendraient dimanche après-midi, avec les parents d'Élodie qui avaient une auto de camping, grande comme un petit autobus.

Avez-vous déjà traversé le Saint-Laurent gelé, tout blanc, en plein milieu du pont Champlain libre de toute pollution et de tout bruit de moteur? La ville et ses alentours n'ont plus du tout le même visage. On se dirait dans un film fantastique.

— On se croirait dans un autre monde, dit Julie.

— Oui, c'est ça la réalité qui dépasse la fiction, enchaîne Luc.

On en avait plein la vue et nous

n'avions pas assez d'yeux pour admirer ce paysage insolite, ni assez d'oreilles pour capter enfin les bruits de cette nature toute douce au sud de Montréal. Pas assez d'oreilles pour saisir au passage la musique de ce silence. Silence entrecoupé du son lisse de nos skis, du bruit mou que faisaient les rondelles de nos bâtons s'enfonçant dans la neige, et de la musique de nos mots et de nos rires qu'on entendait voler joyeusement et filer au-dessus du fleuve.

Vers deux heures, nous avions atteint la vallée du Richelieu. La faim nous tenaillait. Pas le temps d'un repas chaud. Des «croque-nature» (sans lait), un morceau de fromage et des fruits séchés feraient l'affaire. Pour boire, nous avions du thé chaud dans un thermos et quelques canettes fraîches de nos boissons préférées. Pendant cette brève pause, les conversations allaient bon train.

— J'ai bien hâte d'arriver à Yama-towé, ça doit être encore plus impres-sionnant l'hiver.

— Tu t'imagines la belle montagne aux neiges éternelles entourée, comme elles, de blancheur?

— Croyez-vous qu'on pourrait y monter?

— C'est la descente qui serait extra-ordinaire...

— Oui, mais peut-être dangereuse aussi...

— On verra bien. Partons. On n'a pas de temps à perdre.

— Puis, de toute façon, ce qu'on a vu jusqu'ici est tout simplement mer-veilleux.

— Moi, je pourrais m'endormir sur ces images, ce soir, et je serais bien contente.

— «C'est beau à vous couper le souffle», comme dit le prof de mu-sique.

Le trajet de l'après-midi se fit sur cette heureuse lancée.

On arriva à Yamatowé au soleil couchant. Jamais rien vu de plus beau. Sidérant. Sur un ciel bleu royal, la boule énorme du soleil vermillon faisait comme une tête lumineuse sur la montagne qui, elle, ressemblait à une immense sculpture de marbre diamanté. Des reflets d'améthyste et des mirages de toutes couleurs. Un chef-d'œuvre. Même les couchers de soleil sur la Méditerranée ou dans le Sahara ne sont pas plus beaux.

On n'avait plus envie d'escalader la montagne. Elle était trop belle d'en bas. Et puis, on était pas mal fatigués.

On avait juste envie de regarder. D'admirer. D'habitude, on a envie de pleurer quand on est triste ou encore fâché. Mais là, des larmes d'émotion nous montaient aux yeux. Tout ce que chacun avait vu de plus merveilleux dans sa vie était incomparable avec cette vision.

Combien de temps a-t-on ainsi contemplé? Les instants semblaient ne plus compter. Mais la faim et le froid accomplissaient leur œuvre. Nous sommes rentrés au campement du relais, nous promettant de venir jeter un coup d'œil aux étoiles avant de dormir.

Le repas chaud fut un festin. Fèves au lard en boîte (délicieuses); pain grillé sur le poêle à bois du camp (mium); hareng séché fumé à l'indienne (génial); fruits en conserve, petits gâteaux, chocolat, thé chaud, etc. Près du feu de cheminée que le gardien du camp avait pris soin d'allumer, on a mangé, parlé, ri, mais pas trop, tout était si calme et l'odeur du feu nous enivrait. On aurait dit aussi que le dehors, avec sa pureté éclatante, nous saoulait de bien-être.

La nuit fut bonne et brève. À travers les fenêtres, on pouvait apercevoir les

étoiles, et le bruit doux du vent nous
berçait.

Le lendemain, le voyage se fit comme par enchantement. D'abord, nous
avons longé la montagne au soleil le-
vant. Elle était aussi impressionnante
dans ses tons pastel que dans son flam-
boiement du soir. Nous la quittions du
regard, juste pour suivre notre chemin
et ne pas tomber. Au bout d'une demi-
heure, elle n'était plus qu'un joyau
minuscule à l'horizon. On a suivi pra-
tiquement jusqu'aux limites de La Patrie, la piste «bleue», la 8, celle qui tra-
verse tous les Cantons de l'Est.

En arrivant, nous sommes entrés par
le chemin de la ferme en véritables
héros. Tout le monde nous attendait et
tous étaient ravis.

La fête qu'on nous fit fut à l'égal de
ces deux jours magnifiques. Tard dans
la nuit, on a bavardé. La fatigue ne se
sentait plus.

La nuit, dans cette grande maison bien chauffée, on entendait le bois craquer et la respiration régulière de tous ceux et celles qui reposaient du sommeil du juste dans les bras de Morphée.

Le lendemain midi, à l'heure des œufs et du bacon, Amélie nous raconta son rêve:

— Sur la montagne de Yamatowé, j'ai vu une hirondelle bleue pâle, grande comme une aigle royale. Elle nous parlait. Elle nous disait des tas de choses importantes et intelligentes. Je les ai toutes oubliées...

Un janvier
pas comme les autres

Janvier s'annonçait terne, insignifiant. Après les cadeaux, les rencontres, les boustifailles et toutes les activités du temps des fêtes, retourner à l'école et à la petite vie banale ne disait rien de bon à personne. Les adultes commençaient leur régime ennuyeux et les enfants traînaient de la patte. Comme si personne n'avait plus le cœur à l'ouvrage.

— J'en ai assez de l'hiver et de l'école, s'écria Michel tout en caressant le poil soyeux de Balthazar II.

— Moi je trouve que les chiens

ont de la chance, ajouta Christophe. D'abord, ils ne sont pas obligés d'étudier. Et puis, que ce soit Noël, ou Pâques ou l'été, on dirait qu'ils sont toujours pareils, toujours heureux.

— Si vous continuez de vous lamenter, je m'en vais chez moi, lança Élodie. Et d'un mouvement hautain des épaules, elle retourna à la lecture d'une bande dessinée qu'elle semblait dévorer.

Les deux garçons demeurèrent cois. Ils n'osaient lui répondre car son humeur à elle semblait aussi menaçante que la leur. Élodie était très douce, mais quand elle s'emportait, il valait mieux ne pas lui marcher sur les pieds. La colombe qu'elle était pouvait alors se transformer en lionne.

Dans la chambre de Christophe, où la musique rock jouait à vous fendre les oreilles, l'atmosphère était à la chicane. Et si le téléphone n'avait pas sonné à ce moment-là, c'est sûr que l'orage aurait fini par éclater.

— Allo. C'est Amélie. Je suis avec Mathieu chez la mère de Luc. Il a disparu. Il n'est pas revenu chez lui hier après l'école. On appelle tous les amis. S'il n'est pas avec vous, sa mère va appeler la police...

— Quoi? Non. Qu'est-ce que tu dis? C'est Amélie, dit Christophe tout énervé, gardant le récepteur à son oreille et relatant l'histoire à ses amis... Avez-vous vu Luc depuis hier? Non, personne, personne ne l'a plus revu depuis l'école...

Ils ne parlèrent pas longtemps au téléphone pour laisser libre l'appareil, au cas où quelqu'un appellerait chez Luc. Ils décidèrent d'accourir chez lui. Peut-être pourraient-ils se rendre utiles et, de toute façon, les policiers voudraient certainement les questionner.

Pendant toutes ces minutes de surexcitation, Élodie n'avait pas bronché. C'était bizarre, mais elle n'avait même pas levé le nez de son livre. Dans le bouleversement des choses, les autres n'avaient rien vu, mais un fin observateur aurait certainement remarqué la feinte de son apparente indifférence. En fait, elle était blanche et ses mains tremblaient légèrement.

Elle dit simplement, pendant que Christophe et Michel se préparaient à sortir:

— Je rentre chez moi. Je n'ai pas envie d'aller là. Vous me téléphonerez s'il y a des nouvelles.

Les garçons n'eurent pas le temps de remarquer son émoi et ils filèrent avec l'allure et la démarche d'enquêteurs professionnels.

Élodie, qui avait pourtant toujours apprécié ses amis, les trouva soudain complètement ridicules.

Lentement, elle s'habilla, sortit dans

l'air glacial de janvier et se dirigea vers sa maison, songeuse, préoccupée.

Elle savait, elle, Élodie, pourquoi, comment et où Luc avait décidé de partir. Depuis deux mois, elle était dans le secret de Luc. Elle aurait préféré qu'il ne parte pas... Elle avait même tenté de l'en dissuader. Mais rien à faire, il était décidé. Et puis au fond, elle le comprenait.

Elle s'enferma dans sa chambre (sa mère n'était pas revenue du travail) et se mit à jongler à tous les événements récents.

Luc n'en pouvait plus de la misère de sa famille: son père alcoolique et déprimé, parti au grand large; sa mère, qui travaillait aux ménages presque jour et nuit «pour payer une bonne instruction à son fils»; les comptes qui n'en finissaient pas de s'étaler sur la table de la cuisine... Mais surtout, les yeux fatigués de sa mère et les larmes,

les larmes qu'il ne pouvait plus sup-
porter.

Il avait tout raconté à Élodie. Ces
deux-là s'aimaient depuis un an déjà et
ils s'aimaient de plus en plus profondément. Alors, Luc avait décidé de son
projet. Il partirait sur le pouce jusqu'à
Halifax. Là, il se ferait engager sur un
cargo qui partait pour la Grèce. Il s'en
irait dans une île, il paraît qu'elles
étaient magnifiques, les îles grecques,
et remplies de bons fruits qui pous-
saient tout seuls et de poissons qui
venaient s'offrir aux passants tout près
des plages de sable rose. Il paraît aussi
que le ciel était le plus bleu de tous les
ciels du monde, que la Méditerranée
regorgeait de coraux et chantait au
soleil... Que l'on pouvait facilement
s'abriter dans les cavernes et contempler à son aise l'ocre des rochers.

Luc avait lu toutes ces choses qui
l'avaient attiré. Il se demandait bien

parfois pourquoi, si la vie était si douce là-bas, tant de Grecs venaient à Montréal ouvrir des restaurants. Il se disait alors que trop de beauté, à la longue, peut être fatigant...

Là-bas, il se ferait pêcheur. Quand il aurait amassé assez d'argent, il achèterait une petite maison. Il écrirait à sa mère, lui enverrait un billet d'avion, et là, elle viendrait paisiblement finir ses jours, heureuse, à ses côtés. Bien sûr, il y aurait Élodie qui viendrait le rejoindre à 18 ans. Ils s'épouseraient et auraient des enfants. Au moins deux, un garçon et une fille. Puis, ils inviteraient leurs amis. En attendant, ils s'écriraient beaucoup...

Élodie pensait et remuait toutes ces choses dans sa tête. Elle s'ennuyait déjà de Luc. Elle se sentait coupable de ne rien dire à sa mère. Avait-elle le droit de ne pas soulager sa si grande peine? Mais elle avait promis. Elle avait juré sur son honneur de ne rien dévoiler du secret. Et si la mère de Luc en mourait de chagrin? Elle n'en pouvait plus de ressasser toutes ces pensées. Elle fondit en sanglots et s'endormit bien seule, au bout de ses larmes.

Sa mère avait dû venir doucement au retour du travail et refermer la porte pour la laisser reposer, car Élodie se réveilla à l'aube comme au sortir d'un très long voyage. Elle avait fait des centaines de rêves, mais ne se souvenait plus d'un seul. Sa première pensée fut pour Luc. Où était-il en ce moment? Dans un camion avec un chauffeur loquace et buvant de la bière? Dans un train qu'il aurait pris clandestinement? Ou encore, seul, gelé peut-être, au bord d'une route? Élodie venait à peine de sortir de sa nuit et elle était déjà épuisée.

Elle décida de prendre au moins un bon petit déjeuner et de commencer à réfléchir sérieusement à toutes ces questions.

Sa mère se leva vers huit heures et la trouva plongée dans ses pensées. Elle posa un tas de questions. L'air d'Élodie l'inquiétait. Mais celle-ci, fière et forte, ne trahit pas.

Pendant ce temps, les recherches se poursuivaient et nul ne pouvait se douter du secret d'Élodie.

Sept jours se passèrent en vaines recherches: coups de fil, enquêtes, va-et-vient de toutes sortes. En classe, plus personne ne s'intéressait vraiment au programme, même pas les enseignants qui, eux aussi, aimaient bien Luc. Avec ses maigres économies, sa mère offrit une récompense à qui trouverait une bonne piste. En son absence, Luc était devenu un héros.

Élodie fut évidemment questionnée par les policiers. Motus et bouche cousue: elle n'avait eu connaissance de rien, ne savait rien. Elle avait hâte que toute cette cohue se calme. Mais par-dessus tout, elle n'en pouvait plus de ne pas savoir et d'attendre la première lettre de Luc. Sitôt rentrée de l'école, elle se précipitait à la boîte aux lettres (heureusement que sa mère revenait tous les jours après elle); elle l'ouvrait fébrilement. Mais rien, toujours rien...

«Et si Luc était mort?» pensait-elle, parfois, affolée. Mais vite, elle chassait cette idée macabre et accourait vers Gisèle, la mère de Luc, qu'elle tentait de consoler et d'encourager.

«Il reviendra, j'en suis certaine», disait Élodie. «Comment tu le sais?» demandait Gisèle. «C'est mon intuition qui me le dit», répondait Élodie. Puis, elles parlaient pendant des heures ensemble. La jeune présence généreuse d'Élodie calmait un peu la mère de Luc.

Un beau jour, un samedi, sa mère

étant sortie faire des courses, Élodie,
c'est à peine croyable, reçut un coup
de fil de Luc. Elle accepta, bien sûr, les
frais. Luc n'avait presque plus d'argent. Il appelait pour dire qu'il revenait à Montréal. Il était à Moncton,
N.-B. Il avait froid. Il était épuisé. Il
avait dormi dans un hangar désaffecté.
Il avait fait du pouce, mais après Matapédia, plus personne ne l'embarquait.
Il avait pris des trains, clandestinement.
Avait eu très peur de la police anglo-
phone de là-bas: elle avait l'air plus
sévère que la nôtre. Pour manger, il
avait lavé les planchers d'un restaurant.
Puis, il avait réfléchi pendant tous ces
jours d'infinie solitude. Il voulait revenir auprès d'Élodie et de sa mère. Il
s'ennuyait tellement de ses amis...

Élodie n'en croyait pas ses oreilles.
Son cœur battait à une vitesse folle.
Des sueurs lui couraient sur tout le
corps. Elle écoutait Luc. Disait hum!

et oui, oui, tout le temps. Si un mot plus grand et plus fort que *bonheur* avait existé, elle l'aurait crié dans sa tête.

Quand Luc eut terminé son récit, elle lui fit part de tout ce qui s'était passé à Montréal autour de sa disparition. Elle lui décrivit brièvement le grand malheur de sa mère toute prise par la pensée de son Luc parti Dieu savait où. Elle lui fit comprendre qu'il valait mieux, sans plus tarder, l'avertir, et avertir les autres aussi, de son retour. Luc dit «oui», bien sûr, et Élodie crut entendre, mais elle ne le jurerait pas, des larmes dans sa voix.

Sur quoi, Élodie eut vite l'idée géniale qu'elle annonça à Luc: tous les amis se cotiseraient et ils enverraient par télégramme, le jour même, à la gare du C.N. à Moncton, l'argent requis pour un billet de train.

Ce qui fut fait sans peine. Et Luc

revint le lendemain, épuisé mais heureux de l'accueil qu'on lui réserva à la Gare centrale.

Tous les amis étaient de la partie. Gisèle aussi qui pleurait à chaudes larmes et qui riait tout à la fois. Elle fit comprendre à son fils que leur plus grande richesse, c'était leur amour et l'amitié qui les entourait. Elle lui dit aussi qu'un jour, peut-être, ils iraient en Grèce tous ensemble, passer des vacances... quand ils auraient fait quelques économies.

Luc, quant à lui, promit de ne plus partir sans avertir...

Ce soir-là, ils mangèrent tous ensemble au restaurant grec, il va sans dire, de délicieux souvlakis.

Puis, Luc dormit pendant deux jours. Sa mère prit congé jusqu'au lundi suivant. Ces récentes émotions l'avaient fatiguée elle aussi, et elle ne voulait pas trop s'éloigner de son fils pendant ces quelques jours.

La vie reprit son cours. Et tout le mois de janvier fut rempli par le récit inlassable des nombreuses aventures vécues par Luc.

Élodie se tenait tout près et écoutait, ravie. Elle garderait longtemps en mémoire le souvenir de ces heures tumultueuses et remplies, malgré tout, d'un si grand bonheur.

La lettre de Paulo

Quand Valérie revint de l'école ce midi-là, elle trouva, tout heureuse, une lettre de son jeune correspondant brésilien, Paulo. Elle s'inquiétait d'ailleurs depuis Noël, car Paulo n'avait pas répondu à la sienne expédiée à la mi-novembre. Paulo et Valérie s'écrivaient depuis bientôt deux ans et, à travers cette correspondance, ils étaient devenus de véritables amis. Ils se racontaient tout ce qu'ils vivaient; malgré la distance et les différences de cultures, ils découvraient que leurs vies se ressemblaient beaucoup. Ils avaient le même âge, 14 ans, parlaient la même langue (Paulo fréquentait un collège français du Brésil), étaient au même niveau scolaire et étudiaient sensiblement les mêmes choses. Mais surtout, ils partageaient le même amour des arts, de la musique plus particulièrement. Valérie apprenait le violon, et Paulo, le piano. Ils s'étaient juré que, devenus adultes, ils participeraient aux mêmes tournées de concerts. Car ils se voyaient déjà tous les deux sur les plus grandes scènes du monde. Pas qu'ils étaient vaniteux, mais ils étaient convaincus de leur talent. Valérie, nerveuse et contente, ouvrit fébrilement la lettre de Paulo. Puis, elle alla s'asseoir sur son lit pour lire en toute tranquillité.

Brasilia, 2 février 1987

Chère Valérie,

Tu ne peux t'imaginer ce qui m'a empêché de répondre à ta magnifique lettre. Et merci pour tout ce que tu me racontes. Ça m'a fait chaud au cœur. Eh bien, pendant les vacances de Noël, en nous rendant chez mon oncle de São Paulo, nous avons eu un accident de voiture. Un accident terrible. C'est un autocar qui a dérapé sur notre auto. Il pleuvait à boire debout. Papa conduisait. Nous chantions tous les vieux airs portugais de Noël. Maman riait. Ma sœur Anna qui a trois ans dormait dans ses bras. Elles étaient sur la banquette arrière. Moi j'étais à l'avant, à la droite de mon père. Je chantonnais et rêvassais.

Et tout à coup le choc. Le crash. Je ne sais comment te dire. J'en suis incapable. Je me suis réveillé à l'hôpital. Tout le monde s'en était réchappé avec de légères blessures. Mais moi, j'étais plus gravement blessé. J'ai eu une fracture de la colonne vertébrale. Valérie, je ne pourrai jamais plus marcher. Mes jambes sont paralysées. Je vais me déplacer en fauteuil roulant. Écris-moi, petite Valérie du Québec si loin. Dis-moi que je jouerai encore du piano. Dis-moi que je serai meilleur encore parce que je pratiquerai davantage. Je vais recommencer bientôt mes leçons. J'ai revu mon professeur qui veut travailler encore plus avec moi. Dis-moi que je ne me découragerai pas. Ou, si parfois je flanche, dis-moi que je saurai me relever et lutter.

Écris-moi longuement. Dis-moi que nous resterons les meilleurs amis du monde.

En ce moment, je suis dans ma chambre. C'est magnifique. Mes parents l'ont redécorée pour ma sortie de l'hôpital: un vrai rêve. Tout ce que je désirais. J'ai même un magnétoscope. Il fait très beau dehors. C'est le plein été ici. Les reflets du soleil, à travers le magnolia en fleurs et ma fenêtre, jettent sur ma table comme des ombres qui dansent. Tu sais, depuis cet accident je suis devenu subitement un homme. Je suis tout différent d'avant. Je ne pense plus qu'aux choses essentielles de la vie. C'est étrange, mais au-delà de mon malheur il me semble parfois n'avoir jamais autant aimé la vie.

J'ai eu une idée que je n'ai communiquée à personne. J'attends ta réponse pour parler à mes parents. Dis-moi ce que tu en penses. Voilà: j'aimerais tant pouvoir enfin te rencontrer. Crois-tu que tes parents te laisseraient venir ici cet été, enfin je veux dire quand ce sera l'été pour toi? De mon côté, je suis assuré que mes parents seraient ravis de t'accueillir dans notre famille. Nous pourrions faire des tas de choses, même si je me déplace difficilement… Nous pourrions enfin faire de la musique ensemble. J'espère que tu diras oui. Réponds-moi au plus vite. Je t'em-

brasse très chaleureusement. Ton ami lointain et si proche. Paulo.

Valérie n'en revenait pas. Elle ne s'en était même pas rendu compte mais un flot de larmes coulait de ses yeux. Elle relut et relut la lettre comme pour se convaincre que tout cela était bien vrai. Elle regarda la photo de Paulo sur sa table. Elle l'avait reçue en octobre. Il était souriant, l'œil vif, les cheveux noirs, bouclés; le teint bronzé; le corps musclé. Sur la photo, il jouait du tennis. Il était beau.

De toute sa vie, Valérie n'avait vécu un tel drame. Elle aurait aimé dormir, se réveiller et que tout cela fût un cauchemar. Elle se pinça le bras. Mais non, cela était bien vrai, elle ne dormait pas et la lettre, là, dans sa main, était bien réelle.

Elle tourna en rond dans sa chambre, l'âme en peine. Elle aimait tant

Paulo, même si elle ne l'avait jamais vu. C'était un frère, un ami. C'était son confident. Celui à qui elle avait raconté tant de choses importantes. Et c'était le seul, vraiment, qui comprenait l'étendue de son amour pour la musique.

Elle se mit à songer à l'horreur que c'eût été si Paulo était mort lors de l'accident. NON. Il ne fallait plus penser au pire. Il fallait l'imaginer vivant, heureux de vivre, comblé par sa musique. Mais surtout, il fallait au plus vite écrire à Paulo. Lui dire que OUI, elle irait passer l'été dans sa famille à Brasilia. Que ses parents voudraient. Qu'elle remuerait ciel et terre pour parvenir à son but. Et qu'après tout, à bien réfléchir, un voyage d'avion au Brésil ne coûte pas plus cher qu'un long séjour en colonie de vacances.

Valérie aurait tant aimé être là immédiatement aux côtés de Paulo. Le con-

soler. Ah! comme elle avait hâte d'être
adulte pour pouvoir décider, elle-même
et tout de suite si cela lui chantait, des
projets qui lui tenaient le plus à cœur.
En pensée, elle consolait Paulo et elle
se consolait, elle, de sa peine en rêvant
du grand voyage qu'elle accomplirait
vers lui cet été.

Le soir, au souper, pour la première
fois, Valérie lut à ses parents la lettre de
Paulo. Devant la détresse de leur fille
mais aussi ses raisonnements concer-
nant les coûts comparés des vacances
projetées, ils consentirent assez vite à
celui du voyage au Brésil. Bien sûr, il
faudrait correspondre avec les parents
de Paulo et convenir avec eux des modalités pratiques, mais pour l'essentiel,
l'accord de principe était acquis.

Valérie ne tenait plus; elle embrassa
ses parents et sitôt la dernière bouchée
avalée, elle s'envola vers sa chambre.
Et là, tranquille à sa table, avec les

«petites pièces pour piano de Mozart»,
elle écrivit à Paulo:

Montréal, 18 février 1987

Cher Paulo,

À midi, j'ai reçu ta lettre et, depuis, je ne pense qu'à toi. Comme je suis triste pour toi. Comme j'aimerais être avec toi, là, maintenant. Si je pouvais vaincre le temps et franchir les espaces d'un bond, j'y serais à présent et je te consolerais. Laisse-moi te dire tout de suite que mes parents sont d'accord pour que j'aille passer une partie de l'été chez toi. Ils ont beaucoup de peine eux aussi, ils disent que tu es un peu comme leur fils et que peut-être tu pourras venir toi aussi l'été prochain.

Dis à tes parents d'écrire immédiatement aux miens. Ainsi, ils pourront se mettre d'accord sur ce qu'ils appellent les modalités pratiques.

*Tu peux être certain que j'apporte-
rai mon violon. Nous jouerons ensemble tous les jours. Il fera froid chez toi
à cette époque de l'année. Mais ça ne
fait rien, le plus important c'est qu'il
fera chaud dans nos cœurs.*

*En ce moment, je regarde ta photo.
Tu me souris. Je t'en envoie une de moi
avec mon groupe d'amis. Je leur ai téléphoné cet après-midi. Ils sont tous très
touchés eux aussi. Sur la photo, le bel
épagneul, c'est Balthazar II. Tu ne
trouves pas qu'il a l'air intelligent?*

*Ça fait bizarre de penser que ce ter-
rible accident va enfin nous réunir.
Comme si le malheur et le bonheur se
donnaient la main. Moi aussi je sens
que j'ai vieilli beaucoup en quelques
heures. On imagine toujours que de tels
drames arrivent aux autres, à ceux et
celles que nous ne connaissons pas. À
notre âge, on s'imagine à l'abri des
vraies épreuves.*

Bien sûr que tu es encore mon ami et tu le seras toujours. D'ici l'été, je vais t'écrire souvent. Je vais t'envoyer des dessins et aussi des poèmes. J'en ai écrit quelques-uns et la prof de français m'a dit l'autre jour que j'étais très douée. Je t'offre celui du «Voyage sur la lune». Dis-moi ce que tu en penses.

Pour ce que je t'ai raconté dans ma dernière lettre, n'en parle à personne et oublie tout. J'ai réfléchi. J'ai complètement changé d'idée. Je t'expliquerai de vive voix.

Tu sais, Paulo, pour ton accident, je trouve difficilement les mots pour dire tout ce que je ressens. Mais ce que je pense, c'est que toute l'énergie qui ne peut plus circuler dans tes jambes, elle passera dans tes bras et tes mains, plus fougueuse et plus belle, pour le piano. Directement du cœur, couleront de tes doigts d'artiste de véritables pro-

diges. *Je le sens très fort, Paulo. Tu iras loin. Toi, tu ne perdras plus de temps avec les petites choses de la vie. Tu accompliras de très grandes, de merveilleuses choses.*

Écris-moi tous les jours si tu as le temps. Raconte-moi tes progrès. Et, si tu as trop de peine, dis-moi aussi; je comprendrai. Je suis avec toi.

Ici il fait très froid. Le vent ne siffle pas ce soir, il hurle. On jurerait qu'il y a des loups dehors. Je dois te quitter pour aller dormir. Demain, nous avons un concours de chimie. Je n'aime pas tellement les sciences, comme tu sais, mais je veux quand même passer.

En attendant d'être à tes côtés, je te dis bon courage et je t'embrasse très fort. Tu es mon meilleur ami. Bonne nuit. Repose-toi bien. Mais j'y pense, peut-être que c'est le jour pour toi, quand tu me lis. Tu ne trouves pas que la distance, ça fait beaucoup réfléchir?

À bientôt. Que j'ai hâte d'être chez toi !
Valérie.

P.S.   Pourrais-tu m'envoyer une photo de
toi, maintenant; je veux dire dans ton fauteuil
roulant? Une photo quand tu es au piano?
Saluts et bises de tous les amis.

Tout est bien qui finit bien

Il y avait pas mal de temps que tout le groupe ne s'était pas retrouvé au complet. Mais ce matin, ils étaient tous là, à tirer des plans sur la planète. Ils s'étaient donné rendez-vous chez Valérie: Élodie, Luc, Amélie, Alexandro, Pierre, Annie, François, Nicolas, Mathieu, Élisabeth, Roxanne, Julie, Catherine, Hélène, Christophe et Michel. Tout un monde grouillant, débordant de projets et d'énergie, décidé à faire de ce samedi maussade de mars, une journée mémorable.

Christophe avait préféré laisser Balthazar II à la maison, le trouvant trop jeune encore pour une expédition dans les dédales de la ville. Balthazar II avait protesté en grognant, mais c'était pour la forme, pour affirmer son jeune droit à l'autonomie. Christophe lui avait un peu secoué la nuque, et il était retourné sagement rêver près de la cheminée.

Onze heures de l'avant-midi. La musique jouait à pleins tubes (les parents étaient sortis). Les blagues fusaient. Après tant de difficultés à organiser cette fin de semaine, la fête était partie.

D'abord, les amis avaient essayé de planifier un séjour pour tous à la campagne. Mais il était trop tôt pour camper et aucun des parents n'avait voulu recevoir toute cette bande en même temps. Alors, contre mauvaise fortune bon cœur, ils avaient décidé de créer l'aventure en pleine ville.

L'astuce était la suivante: selon les

heures de sortie des parents respectifs, ils se déplaceraient d'une maison à l'autre et ce serait la fête jusqu'au dimanche soir.

Cet après-midi, samedi, ils feraient la tournée de toutes les stations du métro et, dans chacune d'elles, ils laisseraient un message drôle et énigmatique qu'ils signeraient avec le sigle du groupe.

Ce soir, en écoutant de la musique ou en regardant la télé, ils commanderaient du B.B.Q. ou de la pizza.

Demain après-midi, ils iraient au cinéma. Pour le choix du film, le groupe voterait, selon leur habitude, en cas de nécessité.

Mais le plus important, c'était d'avoir réussi à se réunir après tous ces mois d'éparpillement. Il y avait eu aussi quelques chicanes au sein du groupe, mais on n'en parlait même plus. Tout était bien fini. Les pots cassés avaient été réparés. L'amitié avait repris ses droits.

À la station Berri-de-Montigny, un clown et un contorsionniste donnaient un éblouissant spectacle. Luc et Élodie mirent un peu d'argent dans le chapeau, au nom de tout le groupe; puis très vite, ils se lièrent d'amitié avec le clown Pierre et sa jeune compagne Brigitte. Ceux-ci les invitèrent à casser la croûte avec eux.

Pierre et Brigitte habitaient un merveilleux petit appartement, rue Berri. On s'y serait cru dans un conte des *Mille et une nuits*: fleurs séchées de toutes sortes et de toutes couleurs dans les vases rapportés de tous les pays du monde, tissus étranges qui pendaient des murs et des plafonds, instruments de musique, livres, vieux gramophone, oiseaux et poissons exotiques, chapeaux de cirque, instruments de magie,

boule de cristal, et une quantité inima-
ginable d'objets originaux.

Dans cette atmosphère étrange mais
amicale, ils mangèrent un léger repas,
assis par terre sur de gros coussins
marocains.

Puis, Pierre leur fit un numéro de
magie et Brigitte chanta en s'accompa-
gnant à la guitare. L'encens brûlait et
ça sentait la fleur de lotus. On se serait
cru ailleurs, très loin, et pourtant la
ville était là, en bas. Le son feutré de
la circulation se rendait jusqu'à la fenêtre pour rappeler à tous la réalité.

Avec Brigitte et Pierre qui avaient
l'air de tout connaître des étranges véri-
tés cachées de la vie, les jeunes parlèrent
longtemps. Puis, choisissant chacun un
instrument de musique, ils donnèrent
tous ensemble un concert improvisé.
Des sons inusités sortaient de leurs
doigts et de leurs bouches.

Vers quatre heures, ils prirent congé,

promettant de revenir tous ensemble et se disant, dans leur for intérieur, qu'une telle rencontre valait bien un film, une expédition en forêt, ou encore une équipée sur une île lointaine et fabuleuse.

Parfois, il y a tout près de nous des êtres merveilleux qui, par leur seule présence, vous font voyager au plus lointain de vous-même.

Ça n'était pas tellement le décor exotique qui avait impressionné les filles et les garçons, mais cette façon qu'avaient Pierre et Brigitte de parler aux jeunes, de communiquer avec eux. Cela, la plupart des adultes l'avaient perdu depuis longtemps.

À la station de métro Place des Arts, ils rencontrèrent Michael, un jeune violoniste virtuose. Michael jouait du jazz et des blues magnifiques. Quand il constata le vif intérêt de ses jeunes amis, il leur expliqua la provenance de

ses musiques et chansons: il avait fait
de savants arrangements entre des airs
de jazz des Noirs américains, des blues
de la Nouvelle-Orléans agrémentés
de rythmes «cajuns» et de sonorités
anciennes du pays de ses ancêtres,
l'Irlande.

Valérie lui demanda la permission de
jouer sur son violon, et bientôt la foule
des passants déversa dans la boîte à violon des dizaines de pièces de monnaie
que Valérie et Michael se partagèrent
avec bonheur.

D'une station à l'autre, les événements fascinants se multipliaient,
comme si toute la ville s'était donné
le mot pour s'offrir en spectacle à la
bande d'amis. Plus personne n'avait
envie de remonter dehors où, de toutes façons, les giboulées de mars faisaient leurs ravages.

Au métro Mont-Royal, un homme,
l'air hagard, courait après une jeune

femme affolée. Flairant le danger, toute la bande entoura la femme et l'homme déguerpit. La femme, tout essoufflée, les remercia et dit: «C'était un maniaque. Merci. Vous m'avez sauvée. J'ai eu très peur.» Le groupe la raccompagna jusqu'à chez elle, rue Rivard. Ils bavardèrent un peu avec elle et se quittèrent comme de vieilles connaissances.

Ils reprirent le métro. À Honoré-Beaugrand, ils assistèrent au drôle de spectacle d'un polichinelle de fortune, tout seul dans son coin. Quand celui-ci se pencha pour ramasser les quelques sous dans son chapeau, son masque tomba et, à la place du sourire et des yeux rieurs du déguisement, apparut un vieux visage ridé qui portait à lui seul toute la misère du monde:

«Merci les enfants, Dieu vous le rendra au centuple. Je suis Job. Dieu m'avait tout donné, il m'a tout enlevé.

J'ai été riche. Et là je suis sur le bien-être. Ma femme est mourante à l'hôpital. Mes enfants sont partis au diable vert... Merci mes enfants. »

Sur ce, il leur remit un petit coffret de bois. Dedans, disait-il, il y avait un trésor précieux. Puis, il replaça son masque et se remit à gesticuler sans que personne n'y porte attention.

Pendant le trajet de retour, ils constatèrent que le coffret était fermé, mais le vieux ne leur avait pas remis de clef. Ils décidèrent d'en forcer la serrure avec un canif. À l'abri des curieux, ils réussirent à faire sauter le couvercle. Dedans, il y avait une vieille enveloppe jaunie qui contenait un petit objet faisant tic tac, tic tac, tic tac. Comme une montre. En effet, l'enveloppe décachetée, apparut une antique montre qui marchait et qui semblait émettre son tic tac depuis le début des temps. Mais, chose étrange, la montre était dépourvue de cadran. Son mécanisme fonctionnait parfaitement, mais pour rien on aurait dit, puisque jamais la montre ne révélerait ce pourquoi elle avait été créée: l'heure.

À côté de la montre, il y avait ce billet, calligraphié à l'ancienne, qui disait: «Il est utile de savoir l'heure, mais plus nécessaire de comprendre le temps.»

Ils se regardèrent tous et pouffèrent de rire, un peu nerveux. Mais, ils garderaient longtemps, au fond de leur mémoire, cette petite phrase anodine en apparence, écrite par un polichinelle inconnu.

«En parlant d'heure, il faudrait bien rentrer», dit Julie.

«J'ai faim», crièrent-ils presque tous en chœur.

«Et puis demain, moi je ne sors pas. J'en ai assez vu pour au moins trois jours.»

«Moi aussi.»

«Moi, demain, je dors et je lis des bandes dessinées toute la journée.»

«Moi, je finis mon roman.»

«Moi, je regarde la télé.»

«Moi, je fais mes devoirs.»

«Moi, je vais voir maman à l'hôpital.»

«Moi, je vais écrire à Paulo.»

«Hélène, viens-tu dormir chez moi?»

«O.K. C'est une bonne idée. Je vais appeler mes parents, puis on ira chercher mes affaires.»

Jusqu'à la maison de Luc où ils s'en allaient passer la soirée, les commentaires et projets de toutes sortes pleuvaient. Ils étaient épuisés, surexcités, contents. En fait, enchantés de leur journée.

Après l'énorme pizza de circonstance, bien enfoncés dans leurs coussins et écoutant leur musique de prédilection, chacun rêvassait, repensant aux mille et une péripéties de la journée.

Catherine dit: «C'est drôle: des fois, c'est quand c'est plus plate que ça devient plus intéressant.»

La phrase fit le tour des oreilles à moitié endormies, comme une grande vérité de La Palice.

La fête de Julie

Julie marchait depuis le matin. Elle marchait et pensait. Elle avait voulu venir seule à la campagne avec ses parents, s'éloigner un peu du groupe d'amis. Réfléchir. Se reposer.

Elle avait quitté la maison tout de suite après le petit déjeuner et, pour midi, elle avait apporté quelques fruits, du fromage et du pain. Elle n'avait pas très faim, et de toute façon, elle se trouvait assez grosse comme ça.

Elle avait fait le tour du lac à pied. Quelle beauté, ce lac! Et quelle douceur, cette immense étendue lisse comme un miroir! Quand il faisait beau comme aujourd'hui, à certains moments, on aurait pu confondre ciel et terre tellement la réflexion des montagnes dans l'eau était parfaite. Des montagnes et quelques nuages qui dessinaient des bateaux de coton sur le lac.

Depuis toute petite, Julie avait aimé ce paysage des Laurentides. La nature la portait à rêver, à mieux songer à toutes ces choses qui parfois, dans la vie de tous les jours, se tournaient en soucis.

Après le lac, elle avait pris le sentier qui conduisait au faîte de la montagne bleue. On la surnommait ainsi parce que d'en bas, les jours d'exemplaire clarté, c'est la couleur qu'elle revêtait.

Elle se rendit à son lieu de prédilection: une immense roche plate au-dessus d'un rocher surplombant le lac, d'où elle pouvait voir toute la région environnante. En bas, le lac; devant elle, l'immensité; et derrière, comme

pour la protéger, des conifères de toutes sortes qui formaient un mur ren-
fermant SA maison. En ce lieu qu'elle
avait découvert avec son frère vers l'âge
de six ans, Julie se sentait vraiment chez
elle.

Elle s'y installa d'ailleurs comme si
elle emménageait dans un nouvel appartement. Elle ouvrit son sac à dos et
disposa ses affaires: couverture, lunch,
livre, cahier, crayons, stylos, crème à
bronzer; comme il faisait beau, elle en
profiterait pour prendre son premier
bain de soleil de la saison. On était à
la mi-avril et on se serait cru en juin.
«Quelle chance, pensait Julie, et quel
bonheur de goûter toute seule et en paix
toutes ces merveilles.»

Du sous-bois, des petits bruits qu'elle
adorait entendre venaient jusqu'à elle:
pas de petits animaux, chuchotements
de feuilles, bruissements d'ailes des per-
drix et des merles, son du pic-bois qui

la ravissait, chants multiples des oiseaux. Une polyphonie.

Julie s'allongea sur sa roche comme sur un lit moelleux et se laissa rêver. Fixant le bleu du ciel et dérivant avec les quelques moutons blancs des nuages, elle sentit battre son cœur au rythme de l'univers, comme une toute petite planète heureuse d'en faire partie.

Elle respira d'aise et sentit la brise lui caresser la joue. Elle eut envie de se regarder ainsi dans son miroir (elle le traînait partout): non, elle n'était pas si laide. Pourquoi en avait-elle douté, récemment? «Je ne suis pas si laide, pensait Julie, je suis même belle, je suis très belle.» Elle détaillait son visage. Et elle était contente qu'elle, Julie, soit ce qu'elle voyait.

Pourquoi alors avait-elle donc été si triste ces derniers temps?

D'abord, elle avait beaucoup changé, vieilli; en un an, elle était passée de petite fille à femme; oui, c'est ça, elle était une vraie femme. «Je suis une femme, pensait Julie, et personne ne semble le savoir. Mes amis, eux, on dirait qu'ils sont restés les mêmes. Les garçons, surtout. Je les trouve un peu bébés. J'en ai assez de leurs jeux. Quinze ans demain! J'ai 15 ans demain. Il y avait bien Patrick avec qui j'aimais parler, mais il est toujours collé à Catherine. Puis, quand il vient dans notre groupe, je le trouve niaiseux.»

Julie entendit un drôle de bruit. Elle se releva comme une guerrière: sur le lac, juste au-dessous, venait d'atterrir un magnifique héron. Elle prit ses lunettes d'approche et contempla son étrange ballet.

«Il y a bien les filles, mais on dirait qu'elles ne me comprennent plus depuis quelque temps. Même Amélie, ma meilleure amie. Depuis qu'elle sort avec

Michel, on dirait qu'elle fait la fraîche. Et Valérie... Elle ne pense qu'à son Paulo et à son voyage au Brésil...» Le héron repartit comme il était venu.

«Il y a bien Christophe... Mais il a toujours mille et un projets. Il n'a jamais le temps. Quant aux adultes, je trouve tout simplement qu'ils ne comprennent rien. J'aime bien mes parents, quelques-uns de leurs amis, la sœur de maman... les profs sont pas si mal... Mais en général, ils ne comprennent pas... Ils me parlent des fois comme si j'avais 10 ans.

Tiens, je vais écrire mon journal...»

Julie avait dû s'assoupir. Une gouttelette de pluie sur le bout de son nez la réveilla. C'est drôle, le ciel s'était assombri d'un coup. Elle replaça toutes ses affaires dans son sac à dos, enfila son ciré et reprit d'un bon pas le chemin du retour.

Il ventait maintenant. Et Julie se sentait comme ce temps: bouleversée, changeante, à la fois forte et fragile. Elle sentait en elle comme une boule d'émotions faite de la plus grande tristesse, mais aussi du plus énorme bonheur. Elle avait envie de crier tout ceci aux oreilles de l'univers et elle cria: un son si puissant que les montagnes ne le gardèrent pas en entier: des morceaux lui revinrent en écho comme une symphonie sauvage.

Dans la tête de Julie, cette pensée survint, précise: «Je jure à la face du monde de ne jamais oublier ce que je ressens maintenant. De toujours me souvenir, quand je serai plus vieille, ce que c'est que d'avoir 15 ans. La solitude et les bonheurs étranges. De ne pas l'oublier. De l'écrire quand je serai adulte. D'écrire un grand livre, spécialement pour les jeunes de mon âge, quand je serai vraiment femme. Je jure, quand j'aurai 30, 40 ou 50 ans,

de ne jamais trahir, avec les jeunes qui
m'entoureront, ce que je suis MAIN-
TENANT.»

Avant d'atteindre la rive du lac, Julie
cria encore, pour que l'univers enregis-
tre à tout jamais par la voix de l'écho
des montagnes:

«JE JURE DE NE JAMAIS TRA-
HIR.»

Elle entendit son serment lui revenir
par bribes. Cela lui fit un grand bien.
Puis, apaisée, elle revint à la maison où
l'odeur du souper et du feu de cheminée l'invitaient à la détente.

Le lendemain après-midi, Julie
redescendit en ville avec ses parents. Le
temps était maussade et elle trouvait
que, pour son anniversaire, le ciel ne
s'était pas forcé. Bien enfoncée sur la
banquette, elle contemplait les gouttes
de pluie qui formaient un rideau de larmes sur la vitre. Elle aurait aimé être
cette vitre, cette pluie. Perdue dans ses

rêveries, elle entendait les voix de ses parents dans un brouillard, comme si elles étaient venues d'une autre galaxie.

Elle s'endormit et fit ce rêve étrange et merveilleux: Sur une autre planète, les humains naissaient du ventre d'animaux qui ressemblaient aux hérons. Pendant qu'une mère héron nourrissait un héronneau tout rose, elle disait à Julie qui elle-même venait de naître: «Bienvenue au pays des femmes. J'ai pour toi un gâteau dans mon petit panier. Dedans, il y a aussi un crayon et du papier.» Puis, Julie vit apparaître un immense gâteau d'anniversaire qui ressemblait à la montagne bleue. Sur la montagne se tenait une fille de 15 ans qui avait un livre dans sa main.

Elle se réveilla, enchantée. Mais, tout le long du trajet, elle se demandait, un peu désolée, pourquoi ses parents ne l'avaient pas vraiment fêtée, cette année.

Lorsqu'ils entrèrent à la maison, tout était noir. Le soir était tombé. Au moment précis où Julie allait allumer la lumière du couloir de l'entrée, elle entendit dans l'obscurité des mouvements et des rires qui fusaient de toutes parts: son cœur fit un demi-tour. Puis, les lumières s'allumèrent une à une et, avec chacune d'elles, une ombre prenait corps et Julie reconnut tous ses amis qui sortaient de partout: ils s'étaient cachés sous la table, derrière les meubles, dans les garde-robes. Julie n'eut pas le temps de penser. Elle entendit un immense cri de joie: «Bon anniversaire, Julie. Bonne fête, Julie. Ma chère Julie, c'est à ton tour...» etc. etc.

Elle n'en croyait pas ses oreilles et ses yeux. Julie était ravie. Puis, elle vit sur la table un immense gâteau BLEU entouré de cadeaux. Sur le gâteau, 15 bougies blanches qui scintillaient.

Connaissant le rituel, tout en embras-
sant ses amis et ses parents et remplie
de toutes les émotions, elle se dirigea
vers le gâteau pour souffler les bougies.
Elle prit une grande respiration et for-
mula son vœu secret («ne jamais oublier ce qu'elle avait juré en descendant
la montagne bleue»), puis elle souffla.
Toutes les chandelles s'éteignirent en
même temps. Elle entendit des bravos.
Elle était heureuse. Et la fête commença.

Julie n'avait jamais connu une aussi
belle fête. Quelle surprise! Et combien
elle aimait ses amis! Au cours de la soirée, elle les regardait et les trouvait tous
beaux. Michel, avec ses genoux angu-
leux et ses cheveux rebelles; Élodie avec
ses cheveux de soie et ses yeux langou-
reux; Valérie, avec ses longues et fines
mains d'artiste; Catherine, dans ses
rondeurs et ses rougeurs de pivoine;
Christophe, avec son corps musclé, son

teint mat, ses yeux noirs brillants et ses épaules d'homme, déjà. Et les autres: ce soir, Julie les trouvait tous beaux et gentils.

Ce qui lui fit sans doute le plus plaisir, avec, bien sûr, tous les cadeaux, ce fut ce petit mot sur la carte d'Amélie:

«À Julie ma meilleure amie
De maintenant, de toujours
Et pour qu'elle le demeure
Amélie. »

Quand Julie vint embrasser Amélie, elle sentit sur sa joue l'odeur du velours de la pêche qu'elle aimait tant. Un grand émoi parcourut tout son cœur. Ça non plus, elle ne l'oublierait pas. Un autre grand plaisir lui fut offert, de sorte qu'elle en était un peu étourdie, ne sachant plus très bien où donner de la tête avec tous ces bonheurs subits; vers la fin de la soirée, s'approchant d'elle et lui glissant, tout timide, à l'oreille:

«Veux-tu sortir avec moi?» C'était Christophe.

Julie rougit un peu et rit, nerveusement. Ses grands yeux verts lançaient vers Christophe des reflets d'émeraude. Elle dit, tout bas et très vite:

«Oui, je veux bien. Mais j'aimerais qu'on parle vraiment, demain.»

Julie eut le temps de raconter à Amélie, Valérie et Catherine ce que Christophe venait de lui proposer.

«Chanceuse, dit Catherine. C'est le plus beau.»

Ainsi se termina la superbe fête de Julie qui avait commencé dans les turbulences de l'âme.

Tempête sur le lac

Le train filait vers l'est. Il avait quitté
la Gare centrale de Montréal à 21 heures et devait atteindre la vallée de la
Matapédia aux petites heures du matin.
Sur leurs sièges «tout confort», bien
enroulés dans des couvertures de laine,
Christophe, Alexandro, Luc et Michel
rêvaient aux anges. Ce voyage, ils
avaient mis deux mois à le préparer;
maintenant, ça y était: ils pouvaient
dormir sur leurs deux oreilles.

La cadence régulière des roues sur les
rails les avait vite plongés dans cet état
de douce somnolence entrecoupé de
quelques phrases qui sortaient avec les
bâillements:

— «En arrivant, combien de temps il faut marcher?» demandait Alexandro dont c'était le premier voyage hors de Montréal. Quoique dans la même classe, Alexandro était un peu plus jeune et plus petit que les autres. Mais il avait pour lui la fine et vive intelligence et parfois la ruse du renard. Il avait derrière lui toute une expérience que les jeunes d'ici ignoraient totalement. Ayant perdu son père lors du coup d'État au Chili, en 1972, il avait par la suite vécu clandestinement dans les montagnes avec sa mère, sa sœur, des cousins, des amis. Alexandro avait connu le froid, la faim, la peur. Et très jeune, il avait appris le sens de la débrouillardise et de l'initiative. Il savait aussi discuter des choses politiques et économiques comme aucun des jeunes d'ici ne pouvait le faire. L'an dernier, après moult péripéties, il avait abouti à l'école des amis et ceux-ci l'avaient vite adopté dans leur groupe.

— «Environ une heure et demie, répondit Christophe: le camp se trouve à trois kilomètres de la route 132, sur la rive nord du lac Matapédia.»

Tout ensommeillé, Luc eut le temps de dire:

— «J'adore les trains. J'espère qu'il y en aura toujours. Même quand ils auront inventé toutes les fusées et tous les vaisseaux interplanétaires, j'espère qu'il y aura toujours des trains. Je préfère les trains aux autos, aux bateaux, aux avions, aux hélicoptères...» Sur ce, Luc tomba profondément endormi.

— «Il n'a même jamais pris l'avion», dit Michel en haussant les épaules. C'est drôle, Luc était doué pour les exagérations et les petits mensonges, mais personne, parmi ses copains, ne lui en avait jamais voulu vraiment.

Au cours de la nuit, l'un ou l'autre

des garçons se réveillait, soit quand le train s'arrêtait à une petite gare, ou encore tout simplement pour admirer dans la nuit étoilée la campagne majestueuse qui se déroulait comme une bobine de film. La route qui serpentait le long du Saint-Laurent révélait de charmants villages ou petites villes qui dormaient aussi. Parfois, de petites lumières laissaient deviner des maisons qui veillaient.

Alexandro, qui n'avait jamais vu ce pays, dormit à peine. Il s'enivrait de cette nature heureuse et la vision du grand fleuve le ravissait. Sous les reflets de la lune, l'eau semblait mauve. Alexandro avait l'impression qu'il pouvait y déverser tous ses soucis passés. Dans l'enchantement et la solitude de cette nuit où tout reposait autour de lui, il fit un vœu: «Quand je serai adulte, s'il m'est impossible de retourner vivre au Chili, je reviendrai m'installer ici.»

Michel se réveilla à ce moment et Alexandro lui confia son grand projet.

Ce voyage, les quatre amis l'avaient bien planifié. Cela faisait partie de «la semaine des projets libres» de toutes les écoles secondaires du Québec. Comme les filles du groupe avaient décidé de préparer un spectacle «rien qu'avec des filles» et que les autres garçons étaient pris par différentes activités, «la bande des quatre» avait soumis un projet de scénario de film qui avait reçu sans difficultés l'approbation du Comité de la semaine.

Il s'agissait d'aller écrire, sur les lieux mêmes du tournage possible, le récit d'une expédition fantastique en canoë sur «l'île du diable» où personne n'avait osé mettre les pieds depuis le siècle dernier; «l'île du diable» était située sur le grand lac Matapédia, à cinq kilomètres de la rive nord, direction est. Au XIXe siècle, avait eu lieu

sur cette île, maudite depuis, une bataille rangée entre Hurons et colons
canadiens-français pour des questions
de territoires de chasse et de pêche. Ce
fut un véritable carnage. Il y eut un seul
survivant pour raconter le massacre
collectif, un jeune Blanc de 16 ans qui
revint à la nage s'échouer sur la rive
(toutes les embarcations avaient été
brûlées pendant la bataille). Le jeune
garçon mourut quelques heures après
avoir terminé son récit. Depuis ce jour
fatidique, les gens de la région racon-
tent que tous ceux, Blancs ou Indiens,
qui ont essayé de se rendre sur l'île,
sont morts avant même d'avoir touché
la rive. Voilà pourquoi elle fut nommée
«l'île du diable».

Certains riverains disent même que
l'île est hantée par les fantômes des
guerriers, ou encore par le diable en
personne. D'autres prétendent avoir
vu, les soirs de tempête, les embar-

cations en feu dériver au large de l'île.

C'est Christophe qui avait révélé cette légende à ses amis. Christophe connaissait bien la région. Ses grands-parents maternels habitaient non loin de là, et ses oncles, chasseurs et bons pêcheurs, avaient accepté avec plaisir de prêter leur camp de bois rond pour la durée de l'expédition. Bernard, un des oncles, devait même venir les retrouver le vendredi soir et les ramener tous à Montréal dans sa jeep Willis.

Les garçons n'étaient pas superstitieux pour deux sous, mais tout de même, une petite peur habitait le fin fond de leur pensée. Au-delà de cette petite peur, le but de l'expédition était de démontrer à tous le côté farfelu de cette légende, et ainsi, de permettre enfin aux explorateurs de se rendre sur l'île qui, paraît-il, était magnifique: un véritable paradis de la faune et de la flore. L'expédition terminée, l'île appartiendrait à tous les jeunes du pays (les démarches seraient entreprises en ce sens auprès du ministère de la Jeunesse, cela faisait partie du scénario). Le film s'intitulerait d'ailleurs: *L'île des jeunes,* et un monument serait érigé en mémoire du jeune garçon de 16 ans qui avait nagé jusqu'à la mort pour venir raconter son récit. Un monument « Au jeune garçon inconnu ».

À Saint-Moïse, une vingtaine de kilomètres en aval de Sayabec où les garçons devaient descendre, le conducteur du train vint les réveiller. Il dut les secouer longtemps, car ils dormaient maintenant tous les quatre très profondément. Il était quatre heures du matin. Après s'être passé de l'eau froide dans le visage et avoir avalé du lait et des biscuits, ils ramassèrent leurs effets et se tinrent prêts à sortir, sitôt que s'arrêterait le train. Tous les passagers dormaient. Ils étaient seuls à descendre à Sayabec.

Entre le village et le site du campement, la marche fut magnifique: le lever du soleil sur le grand lac, l'odeur des bourgeons frais de mai, les sons gais des oiseaux au petit matin, les montagnes se mirant dans le lac, tout cela regorgeait d'une étrange beauté. Pour ne pas brusquer cette nature en éveil, spontanément, les quatre garçons parlaient en chuchotant.

«Avez-vous remarqué, dit Alexandro, en ville on n'a jamais envie de parler tout bas...»

«Et puis, on n'a pas envie de se lever de bonne heure», ajouta Luc.

«On n'a pas envie non plus de regarder les nuages, lança Christophe. Avez-vous remarqué qu'en ville, si on regarde les nuages, on a l'air fou ou niaiseux?»

Entre deux respirations, les sous-bois

n'étant pas si faciles que les garçons auraient pu l'imaginer, les réflexions et les blagues de toutes sortes se faisaient entendre et éveillaient discrètement le paysage tout frais sorti de son hiver et de sa nuit.

On atteignit le camp vers neuf heures. On a beau être jeune et fort, et invincible, l'entrée dans un camp de vieux chasseurs dans un coin perdu de la vallée de la Matapédia ne va pas de soi. Mais, à l'intérieur, tout invitait au calme. Aucune arme, aucun bruit de fantôme, rien de bizarre. Tout était impeccable. Il n'y avait presque rien, mais il y avait l'essentiel: des lits de camp, un poêle à bois, une table, quelques chaises, un peu de vaisselle et d'ustensiles, des allumettes, du tabac à pipe, un réfrigérateur, un ou deux outils; dans les armoires, le nécessaire de survie en forêt. Et, près du poêle, une corde de bois.

Tout le monde s'installa. Le poêle fut allumé dans le temps de le dire, et, avec les victuailles qu'on avait apportées, un bon gros déjeuner d'hommes des bois fut préparé: œufs, fèves au lard, bacon, pain de campagne, beurre, lait, tout un délice qui fut savouré dehors, au son des vagues du grand lac et dans l'odeur délicieuse de ce matin de mai. Devant leurs assiettes fumantes et face au grand lac qui recevait, sans broncher, tout ce mouvement de sons et de couleurs, personne ne pensait plus: tous les soucis du monde pouvaient s'échoir sur la surface lisse et couler à pic.

La grande expédition était prévue pour le lendemain. Dans le scénario, il était écrit que la première nuit se passerait sur «l'île des jeunes».

Cette première journée se déroula en activités de toutes sortes: reconnaissance des lieux, repérages, prises de

notes, grand repos, super-bouffe le
soir. Durant toute cette semaine, chacun devait écrire. Des petits cahiers
avaient été prévus à cet effet. Le véritable scénario s'écrirait, de retour
à Montréal, quand toutes les notes
auraient été lues, commentées, con-
densées, fusionnées.

Pendant cette journée où le soleil
plombait sur une campagne en fête,
entre repas, baignades, promenades et
travail, on pouvait voir de temps en
temps, un jeune garçon assis sur son
rocher ou sur une souche, penché sur
son cahier et rédigeant son livre de
bord.

Le départ pour l'île eut lieu à sept
heures, le second matin. Deux équipes
de deux passagers formaient l'expédition. Aucun capitaine: à quatre, il était
possible de diriger les opérations sans
chef. Ramer fut un délice et la traver-
sée jusqu'à l'île s'effectua sans peine.

L'accostage se fit aussi sans heurts:
aucun fantôme, aucun bruit suspect,
rien. Mais dans ce rien, une beauté
indescriptible. L'île était toute petite:
en une heure, on en avait fait le tour.

Comme rien d'étrange ou de dangereux ne se passait, les quatre explorateurs l'arpentèrent calmement, au son
des oiseaux de toutes sortes et dans
l'enivrement des odeurs jamais senties.
Ils eurent le temps de nager, de manger, de bavarder et même, de pêcher.
Le soir venu, après avoir inscrit les
résultats de leurs découvertes, ils sou-
pèrent autour d'un feu de camp et s'en-
dormirent du sommeil du juste dans les
sacs de couchage posés sur des bran-
ches de sapin frais.

Le lendemain matin, ils repartirent,
comme ils étaient venus. Mais soudain,
au beau milieu du grand lac, se leva la
tempête, une tempête comme ils n'en
avaient jamais vu de leur vie: les va-

gues, la houle, le tangage, plus personne ne parvenait à maîtriser les
embarcations, à ramer et à avironner
comme il le fallait, plus personne. Un
vent si fort s'était levé qu'un vent non
moins fort de panique s'était emparé
de tous.

On n'avait plus de temps de parler.
Entre deux mouvements de survie, parfois deux regards se croisaient, mais
vite; il fallait ne plus apercevoir ce danger, cette peur et retourner au dur travail du sauvetage.

Comment se retrouvèrent-ils tous,
sains et saufs, sur l'autre rive, tout près
du camp? Personne ne le savait et personne jamais ne saura vraiment le dire.
Mais, ils y échouèrent. Et sur la plage,
pendant de très longues minutes, les
oiseaux, affolés eux aussi par l'orage
qui venait, pouvaient voir, étonnés,
quatre garçons allongés qui avaient
peine à bouger tellement la peur de

mourir sur le grand lac les avait sidérés.

La semaine ne fut pas assez longue pour repenser et comprendre ces événements. Les conversations furent nombreuses, la pêche généreuse et la fête magnifique. Le scénario bien sûr, continua de s'écrire. Mais il s'écrivit autrement. D'abord le titre fut modifié: ça n'était plus «l'île du diable» ni même «l'île des jeunes», mais désormais on pourrait lire sur les écrans futurs: «Tempête autour de l'île bannie.»

De retour à Montréal, dans la jeep qui fendait l'air et ne craignait personne, il était évident, au fil des récits multiples, que tous ceux qui auraient le bonheur de voir le film de «la bande des quatre», voudraient visiter «l'île bannie» sans plus tarder.

Alexandro, Michel, Luc et Christophe en étaient convaincus. Et Bernard, l'oncle pêcheur qui riait dans sa barbe au volant de sa jeep, le savait lui aussi.

L'Héritier
de «Caribou céleste»

Quel drôle de mois de juin! Une journée c'est l'automne, l'autre, c'est le printemps; et parfois, c'est l'été complet. Certains arbres commencent à fleurir, d'autres n'ont déjà plus de fleurs. Mais juin est toujours drôle: c'est l'été, on se sent déjà en vacances, on n'a plus vraiment envie de travailler; mais on dirait que ce n'est pas tout à fait l'été: le monde travaille encore et l'école n'est pas finie.

Juin est bouleversant. Juste avant le solstice d'été, les temps sont bizarres. Il y a des soleils tropicaux après les orages électriques. Les jours les plus longs s'en viennent et on dirait que la terre a de la misère à faire ses rotations. Peut-être que ça la dérange de recevoir la plus grande lumière du soleil quand elle en est le plus éloignée. Et puis, chose étrange, dès le lendemain du jour le plus long, le cycle des jours qui raccourcissent commence.

Comme tous les ans vers la mi-juin, les jeunes cette année ne tiennent plus en place. Ils auraient envie de s'amuser, de se prélasser au soleil, de jouer dehors, de courir et de faire du vélo, mais l'école continue. Alors comme les concours sont finis, on s'amuse à l'école. Et puis ça s'arrête tôt et les journées durent jusqu'à neuf heures le soir.

Une de ces soirées, où presque tout le groupe était au parc, rigolant, s'amusant et racontant les rêves et les projets d'été, s'amena sur son vélo, l'air triomphant, les yeux en feu, Christophe suivi de près de Balthazar II. Il cria cette phrase qui traversa la rue et qui mit du temps à se faire comprendre:

— « Luc, tu es l'héritier de 'Caribou céleste'. »

Luc entendit ces mots mais il n'en saisissait pas encore tout le sens. Abasourdi, il attendit que Christophe les rejoigne pour en savoir plus long.

Tout le monde aussi attendait, curieux. Christophe arriva tout essoufflé, et, sans même descendre de son vélo, il poursuivit:

— « Luc, viens-t'en avec moi chez Rémi. Il vient de me téléphoner. Il a reçu une lettre et un colis de la femme de 'Caribou céleste'. 'Caribou céleste' est mort il y a deux mois. Il avait quatre-vingt-douze ans. Il a dit son testament à sa femme avant de mourir. Tu es son seul héritier. »

Luc n'en revenait pas. Il était complètement bouleversé. À la fois triste et heureux. Si triste d'avoir perdu son 'Caribou céleste'. Et totalement heureux d'être son seul héritier.

Après avoir brièvement expliqué aux autres ce que tout cela signifiait, Luc repartit avec Christophe, chez Rémi. Mais avant de les quitter, il tint à leur dire:

— « Si c'est une grosse fortune, on va tout partager. »

Sur son vélo, pendant tout le trajet, Luc pensait à toutes ces choses et revoyait 'Caribou céleste' comme s'il l'avait quitté hier. Et pourtant, il ne l'avait pas revu depuis trois ans.

Il y a trois étés, plus précisément. Rémi, l'oncle de Christophe, était ethnologue et s'intéressait depuis de nombreuses années à la vie des Amérindiens. Il avait écrit plusieurs livres, avait participé à des films avec Arthur,

son ami cinéaste, et avait effectué beaucoup de séjours chez eux. Parmi les
Amérindiens, Rémi comptait pas mal
d'amis. Or, cet été-là, il avait invité son
neveu Christophe, qui avait alors douze
ans, à venir camper un mois avec lui,
chez les Montagnais de La Romaine,
sur la Basse Côte-Nord, non loin de
Sept-Îles. Christophe était enchanté et,
oh! bonheur, il avait obtenu la permission d'amener son ami Luc.

Ils avaient passé un mois fabuleux à
La Romaine. Sur son vélo Luc filait
sans même voir le trafic. Il revoyait son
vieil ami 'Caribou céleste', repensait à
tous les merveilleux événements de cet
extraordinaire juillet.

'Caribou céleste' était un vieux sage
du village qui n'avait pas de descen-
dants. N'avoir pas d'enfants avait été
la seule véritable épreuve de la vie de
Marie et de 'Caribou céleste'. Souvent,
dans les soirées de paroles, ils reve-

naient tous deux sur les sujets. Défi-
laient alors dans leur langue une série
de commentaires qui ressemblaient à
des lamentations. Luc ne comprenait
pas les mots mais il entendait le sens de
ce grand malheur que les vieux évo-
quaient.

Pendant ce mois, Christophe et Luc
allaient souvent chez Marie et 'Caribou
céleste'. Ensemble ils parlaient,
pêchaient, préparaient les repas. 'Caribou céleste' aimait les deux garçons
mais il s'était épris d'une affection
toute spéciale pour Luc qu'il appelait
'mon fils'. Peut-être avait-il été touché
par le récit, qu'un soir de pleine lune,
Luc avait fait, tout près du feu. Tous
l'avaient écouté en silence. Luc avait
alors parlé de son père alcoolique qui
les avait abandonnés, sa mère et lui, et
qu'il ne revoyait presque jamais; de sa
mère, pauvre, qui faisait les ménages
à cœur de journées et qui souvent

« tirait le diable par la queue » comme elle disait...

Après le récit de Luc, 'Caribou céleste' était parti dans un long monologue qui, au-delà des mots montagnais que les jeunes garçons ignoraient, révélait une grande tristesse et une affection sans bornes. C'est le lendemain, que 'Caribou céleste' se mit à appeler Luc 'mon fils' et, à partir de ce jour, une amitié vive et tendre les lia l'un à l'autre. 'Caribou céleste' lui enseigna tout des grands secrets de l'univers spirituel et matériel. Pour la première fois de sa vie, Luc rencontrait un philosophe en chair et en os, et ce philosophe était doublé pour lui d'un père. C'est ainsi qu'en plus des secrets des choses de l'esprit, lui furent confiés ceux de la chasse et de la pêche. Ils firent ensemble plusieurs expéditions. Et Christophe était heureux de tout ce bonheur que vivait son ami Luc, jusqu'ici très peu gâté par la vie.

Plusieurs fois, 'Caribou céleste' leur fit, accompagné de son tambour sacré, le récit de sa longue vie et de la vie des êtres qui l'entouraient ou qui l'avaient précédé dans ce monde. Dans ces chants qui racontaient tant de choses essentielles, on sentait partout la mort présente aux côtés de la vie. Mais cette mort, elle ne faisait pas peur. On aurait même dit que 'Caribou céleste' l'avait apprivoisée. Et parfois, c'est comme si elle avait ri. Alors, face à l'immensité, on pouvait souvent entendre, courant sur les montagnes, un vieux sage et deux enfants de douze ans qui riaient à se fendre l'âme.

Un midi, sur son tambour, 'Caribou céleste' leur joua le récit de son nom. Il l'avait reçu à l'âge de quinze ans parce qu'il avait grandi très vite et très haut, de sorte qu'il dépassait d'une tête tous les habitants de son village; mais

il avait conservé sa souplesse de jeune
garçon et il marchait comme un caribou qui, de sa tête, aurait frôlé le ciel.
C'est pourquoi on l'appela 'Caribou
céleste'.

Quand ils se quittèrent à la fin de
l'été, Luc promit à 'Caribou céleste' de
lui écrire et de lui envoyer des cadeaux.
Ce qu'il fit souvent, par l'entremise
de l'oncle Rémi. Ainsi, il envoya des
feuilles d'érable rougies du Sud, des
cassettes avec de la musique rock, des
dessins de sa maison et des alentours,
une photo de Christophe et lui avec
Balthazar, et des tas de petits souvenirs.

'Caribou céleste' lui envoyait régu-
lièrement des nouvelles avec quelques
trésors que Luc conservait précieuse-
ment dans son vieux coffret de bois.

Luc pensa qu'il ne reverrait plus
jamais 'Caribou céleste' et qu'une
grande amitié filiale venait de s'ache-
ver. Des larmes coulèrent toutes seu-

les sur ses joues. Puis, il s'entendit rire sur son vélo, le vent balayant toute tristesse: il venait de se souvenir de la mort, amie et comique, de celle qu'ils avaient amadouée avec 'Caribou céleste'. Et, dans la douce brise de juin, il lui sembla que 'Caribou céleste' pédalait à ses côtés et qu'il serait là, avec lui, à travers joies et épreuves jusqu'à la fin du monde.

Rémi fumait sa pipe dehors en les attendant.

— «Entrez, je vais vous lire la lettre de Marie.»

D'un geste affectueux, il serra la main des garçons et les fit passer à la cuisine. Sur la table, il y avait un gros colis et, dessus, la lettre.

— «Tu l'ouvriras après, c'est pour toi, c'est l'héritage de 'Caribou céleste'» dit Rémi s'adressant à Luc.

Luc et Christophe prirent place à table pendant que Rémi, assis dans la grande chaise berceuse, se préparait à lire la lettre. Les garçons n'osaient parler. Et d'ailleurs, il n'y avait pas grand-chose à dire; c'est la veuve Marie qui avait la parole par la bouche de Rémi:

«La Romaine, 16 mars 1987

Chers amis de Montréal.

Il y a deux semaines, mourait 'Caribou céleste', et son âme partit aux pays des ancêtres comme elle avait vécu: agile, calme et remplie de vie. Il nous a quittés un soir de grande tempête. Il disait que le vent dehors respirait à sa place mais entre deux bourrasques, il demanda son tambour sacré et raconta sa vie deux bonnes heures en chantant. Vers minuit, à bout de souffle, il sut qu'il allait définitivement partir et nous chanta alors son testament: il laissait presque tous ses objets précieux à son fils Luc et partageait le reste entre ses amis d'ici, Rémi, Arthur, Christophe et moi. Après le testament, il remit son dernier souffle dans les grands vents de l'univers et partit avec eux...»

Marie poursuivait sa lettre donnant des nouvelles de tous et chacun. Puis, elle les invitait aussi à revenir quand le beau temps serait de retour.

Quand Rémi eut terminé sa lecture, Luc, rempli de gravité et d'un bonheur étrange, ouvrit le colis. Il distribua d'abord les cadeaux: pour Rémi, une belle pipe et du tabac; pour Christophe un magnifique couteau de chasse; il y avait aussi pour Arthur un petit paquet bien ficelé que Rémi lui remettrait; et, pour Luc, la fortune: une côte «magique» de caribou pour repérer les troupeaux au temps de la chasse, le fameux tambour sacré et, ce trésor inouï: tous les récits chantés que 'Caribou céleste' avait pris soin d'enregistrer sur cassettes.

Ils étaient tous ravis, et Luc était littéralement transporté d'une émotion si belle et si grande qu'il pouvait à peine parler.

Pour célébrer cet extraordinaire événement, Rémi ouvrit une bouteille de son meilleur vin et en servit trois verres qu'ils dégustèrent en trinquant à la mémoire de 'Caribou céleste'.

Ils parlèrent longtemps ce soir-là. Dehors, le vent majestueux du solstice d'été accompagnait les récits des trois amis.

Dans cette grande respiration de la terre en chaleur, on avait l'impression de retrouver un peu l'âme envolée de 'Caribou céleste'.

Table des matières

Collection

Lectures-ViP

Cette collection regroupe les plus beaux textes littéraires publiés dans la revue **Vidéo-Presse.** *Écrits par nos meilleurs écrivains québécois pour les jeunes, ces textes expliquent et décrivent l'imaginaire des adolescents, suscitent réflexions et initiatives, et évitent les prescriptions idylliques.*

Imprimerie des Éditions Paulines
250, boul. Saint-François Nord
Sherbrooke, QC, J1E 2B9

Imprimé au Canada — Printed in Canada